PRÓLOGO

Creo que la única cosa que diré antes de empezar es que no quiero preocuparos. Esta no es una de esas historias de campamentos de verano en la que sale algún asesino loco suelto que se esconde en el bosque y va cargándose a todos los chavales uno a uno.

No, seguro que no es una historia tan lamentable. O por lo menos no tanto como eso.

Os resumiré la situación: al final del último curso de secundaria me volví loco durante un tiempo: hasta tal punto fue así que decidí hacer felices a mis padres y acepté pasar tres semanas en un campamento de verano que se llamaba Campamento Lelibro.

Sí, sí, pronunciándolo como «Lee libro». En otras palabras, un campamento para empollones.

Y no me había dado ni cuenta cuando ya estaba en el autocar rumbo al campamento. Apenas si recuerdo el viaje... aparte de que fueron las cuatro horas más largas de mi vida: decirle adiós a mamá y papá, a mi hermana Megan y a mis perros, *Moose* y *Coco*, fue todo un palo. Creo que yo estaba en estado de *shock*.

Lo primero que de verdad recuerdo es que en cuanto me puse a inspeccionar el campamento me vinieron unas ganas terribles de volver a casa de inmediato.

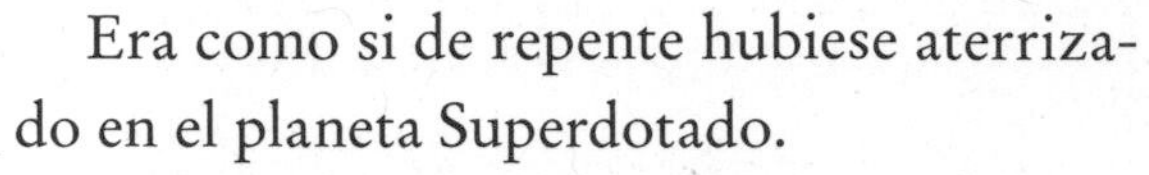

Era como si de repente hubiese aterrizado en el planeta Superdotado.

No había nada que pudiera recordarme, ni remotamente, lo que para mí era la vida habitual. Aunque, eso sí: mi mejor amiga no oficial de allí donde vivo, Katie Friedman, había decidido asistir al mismo campamento, lo que era admirable por su parte. Y Nareem Ramdal, que compartía con Jake Katz el dudoso honor de ser la persona más empollona que conocía, había estado concurriendo a ese mismo campamento durante años, y ese repetía, por supuesto. El resto de la población consistía en setenta y cinco chicos y chicas —que parecían competir por ver quién tenía más aspecto de supercerebrín— y en unos cuantos adultos con la misma pinta de brillantes que los chavales.

Había libros por todas partes. Y ni un solo móvil o videojuego. (No estaban permitidos, claro.)

Miré por ahí a ver si veía la nave espacial que me devolvería al planeta Normal, pero no había ni una. Luego me pellizqué con la intención de despertarme de lo que esperaba que fuera un sueño terrible. Eso tampoco funcionó. Poco a poco empecé a comprender que no había salida.

Me gustara o no, iba a estar atrapado en el Campamento Lelibro durante las siguientes tres semanas.

HORARIO DIARIO DEL CAMPAMENTO	
7 h	Desayuno
8 h	Primer taller: Gramática y estilo
9 h	Segundo taller: Técnicas de lectura
10 h	Tercer taller: Escribe y verás
11 h	Piscina libre
12 h	Comida
13 h	Hora de silencio 1: Lectura y escritura de cartas
14 h	Primer recreo
15 h	Segundo recreo
16 h	Deportes acuáticos
17 h	Hora de silencio 2: Lectura y escritura de cartas
18 h	Cena
19 h	Actividad nocturna
21 h	Hora de silencio 3: Lectura y escritura de cartas
22 h	Se apagan las luces

22.01 h Lloro en la cama

Queridos papá y mamá:

Una de las primeras cosas que nos dicen en este campamento es que vamos a escribir un montón de cartas. Dicen que así mejoraremos la «capacidad narrativa», aunque no sé muy bien qué es eso.

Sea como sea, en la primera carta que enviamos a casa se supone que tenemos que contaros lo que esperamos lograr en estos campamentos.

Yo espero aprender a dejar de tomar decisiones tontas únicamente por complacer a mis padres.

Con mucho cariño de vuestro hijo,

Aunque ahora mismo no me sienta cariñoso ni por asomo.

Charlie Joe

Primera semana

Campamento Pocacosa

En cuanto vi aquel cartel justo en la entrada al campamento supe lo que iba a ser ese lugar.

CAMPAMENTO LELIBRO: MOLDEAMOS
ESPÍRITUS JÓVENES DESDE 1933

Lo siento, pero es que no quiero que me moldeen el espíritu. Los moldes son para el pan, para los pasteles... Para eso van muy bien. Pero no para mí.

Si quieren hacer algo conmigo, que me frían el espíritu a conciencia, que lo rocíen con azúcar y que luego lo cubran con una capa de chocolate. ¡Mmmm!

En un principio, el Campamento Lelibro me pareció semejante a cualquier otro de esos campamentos de verano con instalaciones tan tentadoras. Disponía de un gran lago para nadar, y de un campo de baloncesto, y otro de tenis, y uno de béisbol, y otro de fútbol... Los campistas vivían en cabañas de madera de lo más chulas, en pleno bosque, y el comedor era enorme, con grandes mesas de madera y sillas por todas partes. También había un aula para manualidades y cosas así, y hasta un teatro, donde se preparaban representaciones.

En realidad era un sitio muy bonito, siempre que consiguieras olvidarte de lo que habías ido a hacer allí.

Y lo que había ido a hacer estaba más que claro: leer y escribir.

Por mucho que Katie y Nareem estuvieran en el campamento conmigo, no podía dejar de pensar en todos los demás que se habían quedado en casa. Sobre todo pensaba en la sorprendente y maravillosa Zoe Alvarez, mi casi novia. Era la única chica que podía compararse a la sorprendente y maravillosa Hannah Spivero. Ya echaba de menos a Zoe, ¡y no llevaba fuera ni cinco horas! También pensé en el resto del equipo: Jake, Timmy, Pete y... Hannah, claro. Los imaginaba en la playa, donde se lo pasaban en grande sin hacer nada, o en el cine, o dando cuenta de una bolsa de patatas fritas mientras hablaban de lo fracasado que podía llegar a ser ese tal Charlie Joe. Lo mismo habría hecho yo de estar en su lugar.

Lo malo es que yo no era ellos. Yo era yo.

Y por esa razón, en lugar de pasarlo en grande sin hacer nada, me encontraba con el resto de los campistas en un círculo gigante alrededor de un mástil de bandera. Era el primer día, y teníamos que hacer lo que se llamaba el Círculo de Bienvenida. Eso quería decir tomarnos de la mano y cantar el himno del campamento, que se llamaba *Aprendo a amar, amo aprender.*

Eso ya es más de lo que necesitáis saber sobre esa canción.

Miré a Katie y Nareem, que cantaban realmente a voz en grito y poniendo tanto interés que no me lo explicaba.

—Oye, no iréis en serio, ¿verdad?

—Charlie Joe —dijo Katie, conteniendo la risa mientras de algún modo se las arreglaba para no fallar ni una nota—, ahora estás en el campamento. Deja ya de ser tan negativo y adáptate al programa.

—Pero es que a mí el programa no me gusta —expliqué—. Estoy absolutamente en contra del programa.

—Todavía no entiendo cómo pudiste decidirte a venir al campamento, Charlie Joe —dijo Nareem—. En condiciones normales no te habría asociado nunca con libros, ni con leer y aprender.

—No, ¿verdad? —dijo Katie. Y eso hizo que ambos volvieran a contener la risa, como antes.

Puse los ojos en blanco e hice como si cantara, hasta que por fin la canción se acabó. Fue entonces cuando un hombre extremadamente alto con unos pantalones extremadamente cortos se puso en el centro del círculo. Todos los chicos aplaudieron hasta que levantó la mano para detenerlos. Y ellos obedecieron de inmediato.

—Quiero decirlo bien claro: ¡Bienvenidos al Campamento Lelibro! —dijo el hombre alto—. Que sean bienvenidos una vez más todos los amigos y amigas a los que vuelvo a ver. En cuanto a los que están aquí por primera vez, tengo que presentarme: soy el doctor Malcolm Malstrom, pero pueden llamarme doctor Strom. No soy ningún médico, así que si se sienten mal no hace falta que me molesten. —Entonces hizo una pausa para las risas, y estas surgieron en una gran oleada, lo que resultó muy extraño, porque lo que había dicho en realidad no tenía ninguna gracia.

»Estamos todos muy contentos por iniciar otra bonita temporada aquí en Lelibro —continuó diciendo el doctor Strom—. Les tenemos reservadas muchas sorpresas para hacer que este sea el mejor verano que ustedes hayan pasado en sus vidas.

Miré a Katie como diciéndole: «Pero este tío, ¿habla en serio?»

Ella me aguantó la mirada como diciéndome: «Compórtate.»

El doctor Strom consultó en su carpeta.

—Antes de que vayan a instalarse en las cabañas para ir luego a cenar quería comentarles una última cosa. —Sonreía como un padre que está a punto de ofrecer el regalo más sorprendente nunca visto—. Este año iniciamos el premio Lelibro. Será un honor extraordinario que corresponderá al campista que mejor represente los valores centrales del campamento en cuanto a integridad, participación y erudición.

Todo el mundo hizo «ooh» y «eeh».

—El ganador del premio Lelibro —añadió el doctor

Strom— obtendrá una beca completa para el campamento del año que viene, de manera que podrá volver sin coste alguno, y se le admitirá en el programa de formación de monitores cuando él o ella alcance la edad apropiada.

Los «oohs» y «eehs» se convirtieron en emocionados gritos de felicidad. Incluso Katie y Nareem asentían con alegría.

—Suena más a castigo que a premio —susurré.

Tal vez había «susurrado» demasiado alto. Lo pensé al comprobar que la chica a mi izquierda me miraba como si acabara de comerme un plato de gusanos fritos.

Katie seguía haciéndome gestos para que me callara, pero era demasiado tarde: resultó que el doctor Strom también tenía un oído realmente bueno.

El doctor Strom venía caminando hacia mí:

—Hola, jovencito.

Yo lo miré. Era realmente alto. La cara le quedaba muy, muy arriba.

—Hola, señor.

—Llámeme doctor Strom —contestó, sonriente—. Y usted, ¿cómo se llama?

—Charlie Joe Jackson.

—Ah, sí —dijo el doctor Strom, asintiendo con la cabeza—. La reputación lo precede, señor Jackson.

—Gracias —respondí yo, aunque estaba casi seguro de que no se trataba de un cumplido.

—Me alegro de que esté aquí, incluso si usted lo considera un castigo —dijo el doctor Strom, poniéndome la manaza sobre el hombro—. ¿Puede decirnos lo que espera aprender aquí, en este Campamento Lelibro?

Dije lo primero que se me pasó por la cabeza, que era exactamente lo que había dicho a mis amigos Timmy y Pete, allá en casa, cuando me habían hecho la misma pregunta.

—Espero aprender a leer mientras echo la siesta.

Todos abrieron la boca para contener la respiración y luego se quedaron callados. Nadie se movía. Me pareció que incluso los pájaros habían dejado de piar.

Uuupa.

Katie me miró y puso los ojos en blanco, algo típico de ella.

Pero el doctor Strom no dejaba nunca de sonreír.

—Así que no es usted un gran amigo de la lectura.

—No —respondí con orgullo—. De hecho, nunca he leído un libro seguido, excepto en circunstancias muy especiales y urgentes que escapaban a mi control.

Esperaba que los chicos rieran, como solía ocurrir con mis bromas. En lugar de eso, no apartaban los ojos de mí. Algunos incluso susurraban entre ellos, y me señalaban, como diciendo: «¿Quién será ese?»

Aunque la verdad era que sí vi a un chico que estaba a punto de echarse a reír...

Pero llevaba un suéter de la Universidad de Harvard, de manera que lo descarté inmediatamente como compañero odiador de libros.

El doctor Strom volvió a asentir.

—En ese caso, ¿le importaría si le pregunto por qué ha venido con nosotros a este campamento?

—Buena pregunta, doctor Strom. Creo que lo hice para complacer a mis padres. Fue un momento de debilidad, si tengo que decirle la verdad.

Esa afirmación también habría provocado una carcajada general allá en mi casa, seguro. Pero allí no. No. Era como si hubiera entrado en una realidad opuesta, en la que los idiotas eran los chavales normales, y los chavales normales —o al menos los divertidos— eran los intrusos.

El doctor Strom volvió a mirar en su carpeta y luego sonrió a un chicarrón que estaba plantado al otro lado del círculo.

—Por lo visto estará con Dwayne, que es uno de nuestros mejores monitores.

Dwayne asintió como respuesta, pero sin sonreír. Era con mucho el chico con menos aspecto rarito de todos los alrededores. Parecía más un marine que un monitor.

—Tal vez acabe comprobando, señor Jackson —dijo el doctor Strom mientras volvía a situarse en el centro del círculo—, que es usted más parecido de lo que cree a sus compañeros campistas. —Luego, mirándome fijamente a los ojos, añadió—: Vamos a hacer de usted uno de los nuestros.

«¿Uno de los nuestros?»

Oh, por favor. Nunca iba a convertirme en uno de los suyos.

Pero... Empecé a pensar... Tal vez podía hacer que ellos fueran...

¡Unos de los míos!

Pensé que por lo menos así me resultarían más soportables las tres semanas que me quedaban. Podía ayudar a esos chicos a cambiar de maneras. Podía convertirlos en personas normales, en personas que no leían.

Podía salvarlos de la condena de pasar una vida ratonil en las bibliotecas, o encerrados en sus cuartos con tantos libros.

Lo siguiente en la agenda de divertidísimas actividades era deshacer los equipajes. Nareem y yo empezamos a avanzar por el camino hacia nuestra cabaña.

—Creo que tu relación con el doctor Strom no ha empezado con buen pie —dijo Nareem—. En realidad es muy buena persona. Ya verás, te gustará en cuanto aprendas a conocerlo un poco mejor.

Antes de que pudiera agradecerle a Nareem tanto optimismo llegaron corriendo junto a nosotros dos chavales. Uno era el chico más alto que había visto en la vida, y el otro era el de la camiseta de Harvard que casi se había reído por mi broma en el Círculo de Bienvenida.

A juzgar por la manera de correr, estaba casi seguro de que ninguno de los dos era el capitán del equipo de fútbol del instituto, no sé si me explico...

—¡Nareem! —gritaron los dos.

—¡Tíos! —respondió Nareem con una gran sonrisa.

Y luego hicieron ese medio choca esos cinco/medio abrazo con movimientos tan extraños que hacen los amigos cuando han pasado algún tiempo sin verse.

—Charlie Joe, te presento a George Feedleman y a Jack Strong, dos de mis mejores amigos en este campamento.

George era el gigante. Le di la mano primero.

—Hola —dije.

—Encantado —dijo George—. Bienvenido al campamento, el lugar más sorprendente del mundo.

Hice una puesta de ojos en blanco en mi interior, pero quería resultar simpático, así que dije:

—Sí, claro.

—George es el ser humano más listo de todo el planeta —anunció Nareem.

—Fantástico —respondí yo.

El de la camiseta de Harvard me tendió la mano.

—Soy Jack Strong.

Strong, ya sabéis: en inglés quiere decir «fuerte». Dirigí una mirada a ese cuerpo tan flacucho.

—¿De verdad es ese tu apellido?

—Sí —dijo Jack sonrojándose—, ya sé que no me pega mucho.

—No estaba pensando en eso —mentí.

—Oye —dijo Jack sonriendo—, estuviste muy divertido en el Círculo de Bienvenida.

—Gracias —respondí—, pero la verdad es que no me ha parecido que a los demás les divirtiera. Nadie se ha reído.

—¿Qué quieres, que se busquen problemas el primer día? —dijo Jack encogiéndose de hombros—. ¿Hablas en serio?

—Normalmente, no.

En esa ocasión sí que se rio de verdad.

—¿De qué va esto? —le pregunté yo señalándole la camiseta de Harvard.

—¡Oh, no es nada! —contestó Jack—. Quiero matricularme allí algún día. Pero entrar es superdifícil, ¿sabes?

—¿Y no es un poco pronto para andar preocupándose de cosas como esa? —pregunté yo.

—Jack piensa un montón en universidades —intervino George—. O quizá sería más correcto decir que quien se preocupa más es su padre. Se toma estas cosas muy en serio.

Jack parecía apurado, pues volvió a sonrojarse. Era la segunda vez en ocho segundos, así que decidí cambiar de tema.

—Una cosa, chicos —dije—. Nareem, aquí presente, dice que el doctor Strom es un gran tipo. ¿De verdad es eso posible?

—Sí que lo es —dijo George.

—Claro que sí —dijo Jack.

Bueno, si así lo querían, así tenía que ser.

—El doctor Strom te hizo una buena pregunta —añadió Jack—. ¿Por qué estás aquí? Dijiste que era para complacer a tus padres, pero ¿de verdad es esa la única razón?

—Pues la verdad es que también tengo la esperanza de conocer a algunas chicas impresionantes —dije yo—. ¿Me podéis ayudar con eso?

Nareem, George y Jack se miraron. Y luego...

—No —respondieron todos en el mismo y preciso momento.

Nuestra cabaña, que tenía sitio para ocho campistas, llevaba el nombre de Roald Dahl. (Todas las cabañas tenían el nombre de algún escritor famoso, ahora que lo pienso. Me alegraba que no me hubiera tocado la cabaña de Mark Twain. El señor Twain y yo no nos llevábamos demasiado bien desde que mi sexto cumpleaños quedó arruinado por el detallazo de mi padre: las obras completas de Mark Twain como único regalo. Todavía siento escalofríos al recordarlo.)

Cuando entramos, los otros cuatro chavales estaban ocupados deshaciendo las maletas. Me presenté, y las respuestas

de todos fueron las habituales, solo que me parecían un poco sorprendidos. Tal vez fuera por mi conversación con el doctor Strom... Lo más probable era que no estuvieran acostumbrados a la presencia de un no-lector entre ellos. Además, cada uno tenía por lo menos una manía realmente extraña:

- Eric Cunkler, que hablaba tres lenguas, pero casi no hablaba.
- Jeremy Kim estornudaba unas veinte veces por minuto y bajo la cama tenía una provisión como para un año de pañuelos de papel.
- Kenny Sarcofsky había decidido que viviría para siempre si comía un montón de ajo, de manera que olía un tanto «diferente».
- Sam Thurber no se cambiaba nunca de ropa interior (según lo que decía Nareem), pero ya le habían publicado un cuento en la revista *The New Yorker.*

Y luego estaban Nareem, George y Jack, a los que ya conocía, y nuestro monitor, Dwayne, que realmente parecía un chico muy simpático, por mucho que pretendiera asustar con esa actitud de «cuidadín, que si haces el tonto te voy a matar».

Así que esa era mi cabaña y la de los chavales con los que estaba. Parecía enteramente una cuadrilla, ¿verdad? ¿Y quieres saber quién era el intruso en esa cuadrilla?

Exactamente. Yo.

Querida Zoe:

¡Ya llevo dos días de campamento! ¡No me puedo creer lo rápido que está pasando el tiempo!

No. De hecho, va muy despacio.

¿Cómo estás? ¡Estoy tan contento de haberte conocido este año! Creo que hicimos bien en no quedar para salir hasta que no haya pasado este campamento, ¿no te parece? Pero cuando vuelva podemos ir al cine o algo así, ¿verdad? Espero que esto te parezca bien.

Katie y Nareem te envían un saludo. Les gusta estar aquí, y yo haré lo que pueda para no tener que llevarles la contraria. Van mucho juntos, ahora que lo pienso. En lo que a mí respecta, no se puede decir que tenga un millón de amigos aquí. Creo que algunos de los chicos incluso podrían considerarme una mala influencia. No sé de dónde pueden haber sacado semejante idea.

Escríbeme pronto. Espero que podamos ir por ahí cuando vuelva a casa. Ya me dirás qué te parece lo de las películas.

Tu amigo,

Charlie Joe

Así que una de las primeras cosas que comprendí fue que si de verdad quería hacer que los demás chicos no fueran tan empollones, tenía que empezar despacio. Convencer a todo el campamento de que leer y escribir es odioso no era labor de un solo día. Lo que necesitaba era ganarme a los campistas de uno en uno. Empecé por el mayor, el más sesudo y el más alto de entre todos los genios.

George Feedleman.

Corrían rumores de que el coeficiente de inteligencia de George era tan alto que había roto la máquina. George era uno de esos chicos tan listos que entendía las cosas en algún nivel ultrasecreto, como los ultrasonidos que perciben los perros.

Era el segundo día del campamento, y estábamos en el taller Escribe y Verás. Me había instalado en la fila de atrás, mi fila preferida de siempre.

Nadie se ponía a mi lado.

—Aquí hay mucho espacio, gente —dije—. En la fila de atrás es donde está toda la acción.

Nadie me hacía caso.

Al final conseguí que Katie y Nareem se sentaran a mi lado.

—No te preocupes —dijo Katie, dándome golpecitos en la rodilla—. Al final se acostumbrarán a tus excentricidades.

George se sentó dos filas por delante de nosotros. Llevábamos diez minutos de clase cuando decidí poner en práctica mi plan. Le lancé una bola de papel.

—¡Pssst!

Sin respuesta

—¡Pssst! —volví a decir, un poco más alto. Los demás chicos ser volvieron para mirarme. Finalmente también se volvió George.

—¿Qué? —dijo él, con irritación en aquellos ojos de superdotado.

Aunque habíamos conversado en un par de ocasiones, seguía mostrándose suspicaz por mi naturaleza no estudiantil. No era el único.

Señalé el papel en el que George escribía.

—¿Qué estás haciendo?

Él se encogió de hombros.

—Nada, no es más que un análisis de la estructura de clases en las novelas de Emily Brontë.

—¿Emily qué?

—Nada —dijo George, volviéndose para volver a concentrarse en su trabajo.

—Estupendo —dije. Luego, tras una pequeña pausa, añadí—: Yo estoy escribiéndole una carta a una chica que conozco, de allí donde vivo.

—Eres implacable —me susurró Katie, sin que sus ojos se despegaran en ningún momento del papel.

—Eso de «implacable» es bueno? —le pregunté.

—No.

Volví a concentrarme en George.

—Se llama Zoe.

Él me miró. Me pareció que estaba interesado, incluso si no quería estarlo.

—¿Es tu novia?

—No, qué va. Vaya, nos gustamos y todo eso, pero no salimos juntos ni nada.

George asintió.

—Pues qué bien.

Miró con nerviosismo a la monitora del taller (o a la profesora, como se le llamaría entre gente normal), la señorita Domerca. Estoy casi seguro de que George no había hablado en clase en toda su vida, a menos que tuviera que corregir a los maestros cuando se equivocaban.

La señorita Domerca parecía realmente simpática y divertida. También llevaba la ropa más loca que había visto en mi vida. En esos momentos estaba ocupada ayudando a otro chico en su escrito, así que no había peligro.

—¿Y tú qué me dices? —le pregunté a George—. ¿Tienes novia?

George me miró como si le hubiera preguntado si había enterrado a alguien en su jardín.

Antes de que pudiera contestar, una chica muy guapa y pelirroja que se llamaba Patty Ruddy me lanzó puñales con los ojos.

—Déjalo en paz, está trabajando —me dijo—. Tú también deberías intentarlo en algún momento.

Yo le sonreí, pero ella no me correspondió.

—¿Tienes o no? —volví a preguntarle a George.

Él dejó el lápiz sobre la mesa.

—¡No, no tengo novia! Bueno, quiero decir que todavía no tengo. Pero tengo planes muy concretos para tener una el curso que viene.

—¿Y a qué estás esperando? Hay un montón de chicas guapísimas aquí mismo en el campamento. —Señalé a Patty—. ¿No has visto cómo Patty acaba de salir en tu defensa? Me juego algo a que le gustaría salir contigo.

—¿Qué te hace pensar eso? —dijo una voz que definitivamente no era la de George... Ni la de Patty.

Miré hacia arriba. La señorita Domerca estaba en pie junto a mí, con su camisa verde y naranja.

—Hola —dije.

La señorita Domerca rio.

—Solo llevamos dos días, y ya sé quiénes son los problemáticos. Normalmente me lleva una semana, por lo menos. —Entonces señaló hacia George y hacia mí—. Haced el favor de poneros a trabajar, los dos —dijo antes de irse.

—Muchas gracias —susurró George.

—Encantado de ayudarte —respondí.

George negó con la cabeza y volvió concentrarse en su trabajo.

Pero mi misión todavía no había acabado.

—¡Pssst! —volví a decir, pero esta vez dirigiéndome a Patty Ruddy.

—¿Qué demonios te pasa? —susurró ella.

—¿Te gustaría salir con el chico más listo de América? —le pregunté.

—Supongo que no te refieres a ti mismo.

—Supones bien.

Patty miró largamente a George.

—Tal vez —respondió al fin—, pero solamente si nos dejas en paz.

George, sin dejar de mirar su papel, se sonrojó. Luego miró a Patty y, por un segundo, pareció que no había nada que le interesara menos que la estructura de clases en las obras de Emily Brontë.

Como os había dicho, gente, un campista tras otro, de uno en uno.

Querido Charlie Joe:

¡Gracias por escribir tan pronto! Te echo de menos. El verano no es lo mismo sin ti. Pero nos las apañamos para pasarlo bien de todos modos. No te alteres.

Creo que está muy bien eso de que tengas que escribir en lugar de estarle enviando mensajes a la gente todo el día. Mi madre dice que las cartas le hacen recordar sus días de juventud.

Por aquí todo va bastante bien, estoy pintando mucho y luego salgo por ahí con los amigos y todo eso. La verdad es que a veces se hace un tanto aburrido, aunque tú tal vez lo encontrarías perfecto. Pero a mí me gusta permanecer activa. Mañana vamos a visitar a mi padre. Mis padres se hablan mucho más ahora que cuando estaban casados, lo que es bastante raro. Ya veremos qué ocurre.

Volveré a escribirte pronto, te lo prometo.

Besos,

Zoe

Y ahora viene lo que descubrí que estaba bien en ese campamento: en cuestión de cinco minutos supe que era el mejor atleta del lugar.

Tal como os lo digo. Resulta que cuando vas a un campamento lleno de chavales que preferirían escribir en un papel antes que lanzar una bola, se te considera una auténtica estrella si puedes correr más de diez metros sin caerte. Bueno... Era algo un tanto ridículo, pero me gustaba.

En el cuarto día de campamento, estábamos jugando al baloncesto durante el primer recreo cuando vi que Dwayne, el monitor, venía hacia mí. Dwayne era bastante parecido al señor Radonski (mi loco profesor de gimnasia, allá en mi casa). Dwayne era muy grande, hablaba muy alto y era muy intenso. También era el entrenador de baloncesto, lo que básicamente significaba que era su responsabilidad asegurarse de que los chavales no se hicieran daño con los balones.

—¡Hola, Charlie! —dijo.

Encesté desde la línea de tres metros.

—¿Qué hay?

—¿Has oído hablar del gran partido con el Campamento Wockajocka?

Sí que había oído hablar de eso. El Campamento Wockajocka era un tema de conversación recurrente en las comidas. Los chicos lo llamaban «Campamento Pocacosa».

Quedaba a unos quince kilómetros carretera arriba, y todos los veranos venían a nuestro campamento para un partido de baloncesto. Siempre nos machacaban, eso no hay

ni que decirlo. En un caso se trataba de un campamento de verdad, y en el otro de una escuela de verano disfrazada.

—Claro que sí —respondí yo—. ¿Por qué lo dices?

Dwayne miró a Nareem mientras este encestaba limpiamente y luego se volvió hacia mí.

—Quiero que seas el capitán del equipo de este año

—me dijo—. El partido es este sábado, y no quiero sentirme avergonzado.

—¿De verdad? Pero yo soy el nuevo. ¿No has pensado en alguien que haya estado más tiempo en este campamento?

Dwayne soltó una risita apesadumbrada.

—¿Los has visto jugar?

Ahí sí que tenía razón.

—Entonces, ¿qué te parece? —preguntó Dwayne—. ¿Podemos contar contigo?

Justo entonces apareció por allí Jared Bumpers. Era uno de esos chicos de los que hablaba, un poco mayor que yo, que había estado acudiendo a ese campamento desde siempre, y ya de buenas a primeras, sin pensarlo más, podía afirmar con seguridad que era el típico plasta que se creía impresionante.

—¿De qué estáis hablando, tíos?

—Le estaba preguntando a Charlie Joe si quería ser el capitán del equipo —le dijo Dwayne.

Jared pareció sorprendido.

—Charlie Joe es un jugador excelente —continuó diciendo Dwayne—. Pero también cuento contigo, Jared. —Dwayne se volvió para mirarme—. Entonces, ¿qué me dices?

Me sentía como si me estuvieran pidiendo que hiciera que el *Titanic* evitara el iceberg, pero qué demonios. Eso representaba un poco de acción, y por el camino podría hacer un amigo o dos.

—¡Claro, por qué no? —respondí.

—Esto no es justo —dijo Jared—. Yo llevo más tiempo que él aquí. El capitán tendría que ser yo.

—Ya eres capitán del club de debate —observó Dwayne.

—¿El club de debate tiene un capitán? —pregunté yo.

Eso pareció encender todavía más a Jared, que soltó un bufido.

—¡No hay derecho! —dijo antes de marcharse como un rayo en el mismo momento que entraba Jack Strong.

—¿Qué le pasa? —pregunté yo.

—Ignóralo —dijo Jack—. Siempre ha sido un pelmazo. Dicen que es porque su hermano mayor era como una leyenda genial del campamento, y Jared no lo es, de manera que está un poco amargado.

—Bueno, ya hemos hablado bastante de Jared —dijo Dwayne. Luego me dio una palmada en la espalda—. ¿Listo, capitán?

—No, la verdad es que no —contesté yo—. ¿Qué se supone que tengo que hacer?

—Pues tienes que apañártelas para ganar a los chicos malos —dijo Dwayne, con un ligero tembleque en la cara.

La cara siempre le temblaba cuando se ponía nervioso, lo que ocurría aproximadamente en un ochenta por ciento de las ocasiones.

—Pondré a los mejores en el equipo —dije.

—Eso es precisamente lo que me preocupa —dijo Dwayne.

Querida Zoe:

¡Ha sido impresionante saber de ti!

Espero que lo hayas pasado bien en casa de tu padre. Quiero saberlo todo sobre el asunto, así que tan pronto como puedas me contestas a esta carta.

También me ha alegrado saber que estás pintando. Eres una pintora fantástica, y estoy seguro de que algún día serás famosa.

En el campamento las cosas no van tan mal como creía, pero eso no quiere decir necesariamente que vayan bien. Por favor, escribe pronto. Oh, perdona, eso ya te lo había dicho.

Yo también te echo de menos.

Charlie Joe

Esa noche, antes de la cena, Jack, George y yo nos sentamos en los escalones fuera de la cabaña, mientras dábamos cuenta de las sorprendentes *cookies* de chocolate que había enviado la abuela de Jack.

—¿Cómo puedes estar tan flacucho si tu abuela hace galletas como estas? —le pregunté a Jack.

—No tengo ni idea —me contestó.

Señalé hacia su camiseta, en la que lucía el nombre de Stanford.

—¿Y qué pasa con tantas camisetas de universidades?

Jack se miró la camiseta y de repente, en cuanto levantó la cabeza, parecía cohibido.

—Mi padre fue allí.

—¿Y también fue a Harvard?

—En realidad, sí —respondió Jack—. Allí estuvo en la escuela de comercio.

—Callaos, vosotros dos —dijo George.

Era la hora de silencio, de manera que técnicamente se suponía que estábamos en nuestras literas leyendo, pero había convencido a Dwayne para que me dejara sentarme fuera si prometía estar calladito. Como George y Jack eran los únicos chicos de mi cabaña, aparte de Nareem, que me trataban como una persona, y no como una forma de vida alienígena contraria a los hábitos de aprendizaje, se encontraban sentados fuera conmigo. George había decidido que estaba bien después de que le presentara a Patty Ruddy, una chica real y viva; y Jack era simplemente un chico simpático que no me tenía en cuenta las malas costumbres.

Había decidido recompensarlos por su amistad haciendo todo lo que estaba en mi mano para distraerlos de su lectura.

—¿Dónde está Nareem? —pregunté yo.

George señaló colina arriba.

—Está con Katie en la biblioteca.

—Eso no me parece justo —dije yo, sintiéndome un tanto molesto por alguna razón—. Se supone que todo el mundo tiene que estar en sus cabañas durante la hora de silencio.

Jack me miró.

—¿Qué pasa, que preferirías estar en la biblioteca?

George se echó a reír.

—El doctor Strom dijo que le parecía bien, porque están trabajando en un proyecto común.

Me encogí de hombros.

—Pues muy bien.

—Aunque ahora que lo dices —añadió Jack—, me parece que Nareem y Katie salen mucho juntos. —Miró a George—. Algo parecido a lo que hacéis tú y Patty Ruddy.

George se puso rojo como un tomate. Parecía como si no supiera si avergonzarse o emocionarse, así que decidió hacer ambas cosas.

Me metí otra galleta en la boca, pensando en lo que Jack había dicho. También me había dado cuenta de que Katie y Nareem estaban mucho juntos desde que el campamento había empezado, pero creía que tenía que estar imaginándomelo, porque eran los únicos chavales que conocía.

Pero luego decidí que no valía la pena pensar en eso y cambié de tema.

—Vosotros dos sois las personas más listas que conozco —dije—. Tenéis que ayudarme a encontrar una manera de ganar al Campamento Pocacosa.

Ninguno de los dos dijo nada.

—Oye, ¿para qué hablar de eso? —preguntó Jack por fin—. Piénsalo un poco. Lo que cuenta es dejar el partido atrás lo más rápidamente que podamos, y recordar que al final nosotros iremos a mejores universidades que ellos.

—Tío, tienes que relajarte con esta historia de las universidades —le dije.

—Relajarse no forma parte del plan maestro de su padre —dijo George.

—Mi padre no tiene nada que ver con esto —dijo Jack poniéndose a la defensiva—. Solamente es que es buena cosa pensar con una buena perspectiva, eso es todo.

—Bueno, pues a mí eso de pensar con una perspectiva buena o mala o como sea —dije— me importa un rábano, y a los de Wockajocka lo mismo.

George levantó la mirada de su libro.

—¿Qué os parece desinflar el balón en un cinco por ciento? Según un estudio que leí una vez y que se llamaba

El hinchado correcto de un balón de baloncesto, de Josephine Corcoran y Ralph Rackstraw, «una pelota de baloncesto está correctamente hinchada cuando rebota aproximadamente un sesenta por ciento de la altura desde la cual cae». Así que si lo deshinchamos, el balón no les volverá a las manos como esperan, y todos los planes de juego que tengan se echarán a perder.

Lo miré con mucho interés.

—¿Cómo puede ser que leas un estudio sobre la manera de hinchar un balón, y que luego te acuerdes exactamente de cómo se llamaba y de quién lo escribió?

George se encogió de hombros.

—Pues así es la cosa, ya está —dijo, como si fuera lo más obvio del mundo.

—De todos modos, no podemos hacer eso que dices —observé—. Echaría a perder sus planes, pero también los nuestros.

—¿Pueden considerarse como echados a perder unos planes que otros han echado a perder con anterioridad? —preguntó Jack.

George sacudió la cabeza.

—Que yo sepa, no.

—¡Tíos, tíos, que no me estáis ayudando nada! —me quejé—. Ya sé que sois unos cerebrines y todo eso, pero la vida va de muchas más cosas que solamente cursos y libros y estudios. —Me levanté y empecé a dar vueltas, como el entrenador de una de esas películas de deportes en las que el equipo con más paquetes gana al de los chicos malos y se lleva el campeonato—. La vida va de encontrar una manera de ganar. Va de nadar contra corriente. Va de David que vence a Goliat...

La puerta de la cabaña se abrió. Levanté la vista y vi que Jeremy Kim estaba en la puerta, con un libro en una mano y un pañuelo en la otra. Sam Thurber, Kenny Sarcofsky y Eric Cunkler estaban justo detrás de él.

—¡Oye, no podríais hablar más bajo, por favor? —preguntó Jeremy, muy educado—. Así es difícil concentrarse.

No estaba seguro de si estaba bromeando o no.

—¿Habláis en serio?

—Muy en serio —dijo Eric—. Ya sé que para ti eso es muy difícil de entender, pero a algunos de nosotros de verdad nos gusta leer en silencio.

—Sí, y simplemente nos gustaría que bajarais la voz un poco —dijo Kenny, con su aliento a ajo acompañando cada una de sus palabras.

—Sí, y sin ánimo de ofenderos ni nada, pero es que habláis un poco alto —añadió Sam. Todos asintieron, y Jeremy coronó todo el discurso con un estornudo.

Era casi como si estuvieran hablando un idioma diferente.

—Chicos —dije yo—. No quiero que os toméis esto a la tremenda, pero es que no sois normales. De hecho, sois todo lo contrario a personas normales.

—¡Silencio! —ladró de pronto Dwayne desde dentro de la cabaña.

—Estamos intentando pensar en una manera de ganar a

los del Campamento Pocacosa, tal como nos has pedido —le grité.

—Bueno, pues pensad más bajito —gruñó Dwayne—. Además, no esperaba de ti que realmente encontrases una manera que funcionara, así que relájate.

Los cuatro compañeros de cabaña volvieron al interior y nosotros seguimos en el porche.

—Tal vez deberíamos volver al trabajo —dijo Jack.

—¡Oh, no, tíos, eso no! —protesté—. ¡Sois mis únicos amigos aquí!

—¿Y qué hay de Katie y Nareem? —preguntó Jack.

—Están demasiado ocupados haciendo los deberes juntos —dije.

El sonido de alguien cantando hizo que nos volviéramos. Era Nareem, que venía por el sendero hacia nuestra cabaña. Esa manera de cantar era una violación en toda regla de las normas de la hora de silencio.

—¡Ssshhh! —dije yo, molesto por alguna razón con tanta felicidad—. ¡Vas a meternos a todos en problemas!

George y Jack me miraron con una expresión extraña, puesto que a aquellas alturas ya se me conocía más como creador de problemas que como evitador de problemas.

Nareem sonreía.

—Os pido disculpas a todos...

—¡Vaya, por aquí hay alguien que está de muy buen humor! —dijo Jack, mirando de lado a Nareem.

—Sí, y me pregunto por qué —añadió George.

—Pues sí, estoy de buen humor —dijo Nareem—. Katie y yo hemos adelantado muchísimo en nuestro trabajo.

—Seguro que sí —dijo George, dándole un codazo a Nareem en las costillas. Todos se echaron a reír, excepto yo.

—Eso es fantástico, Nareem, me alegro por ti —dije—. Pero entretanto tengo que encontrar una manera de ganar un partido de baloncesto imposible de ganar.

Nareem se desprendió de la mochila, tomó una galleta y empezó a masticar con aire pensativo.

—¡Oh, sí, eso sí que es un asunto espinoso! —dijo—. ¿Y sabes lo que más desata mi ira? Pues que tengamos que perder ante alguien como Teddy Spivero. El resto de los chavales del Campamento Pocacosa no tienen una actitud tan negativa, pero él es de lo peor.

Solté una galleta.

En lo que Nareem acababa de decir había dos cosas que estaban mal.

Primero, no sabía qué quería decir eso de «desatar la ira». Y segundo... ¡Teddy Spivero!

Miré a Nareem y empecé a dar vueltas por el porche.

—¿Qué es eso que acabas de decir sobre Teddy Spivero?

Parecía sorprendido.

—¿Me estás diciendo que no lo sabías? Jugamos contra él todos los años. Teddy va al Campamento Wockajocka. Es el hermano de Hannah.

—¡Vaya, no me digas! —le contesté—. Ya sé de quién es hermano.

Resultaba que Teddy Spivero era mi máximo enemigo,

prácticamente desde el día en que nací. Era sencillamente la persona más molesta jamás creada. Lo que era particularmente extraño, puesto que su hermana, Hannah, se relacionaba con Zoe Alvarez en lo de ser la criatura más perfecta jamás creada. Teddy había asumido como misión de su vida ponerme en evidencia ante su hermana. Y muchas veces, aunque me sepa mal reconocerlo, había cumplido su misión con creces.

Pero seguía sin poder dar crédito a lo que Nareem estaba diciendo.

—¿Teddy va al Campamento Pocacosa?

—Sí —contestó Nareem—. Es uno de sus mejores jugadores.

¿Me estaba tomando el pelo? ¡Teddy Spivero, estrella del equipo de baloncesto del Campamento Pocacosa! Era la peor noticia que había tenido en todo el verano, y eso que había conocido algunas horribles. Como si no fuera ya bastante malo estar en un equipo de paquetes y torpes que iba a ser masacrado por un puñado de deportistas. Ahora resultaba que la peor de mis pesadillas era el puntal de su equipo.

Pero Jack sonreía.

—Eso no puede ser tan malo —dijo.

Lo miré como si tuviera dos cabezas.

—¿De qué estás hablando?

—Piénsalo un poco —añadió Jack. Definitivamente, esa era la expresión más apropiada en el Campamento Lelibro, pues a los chicos de allí les gustaba pensar un poco sobre todo—. Has conocido durante toda tu vida a ese chico. Tienes que saber un montón de él. Así que tiene que haber algo, alguna debilidad suya, que podamos utilizar para que juegue a favor nuestro. —Se levantó para llevarse las galletas, pero conseguí hacerme con una antes de que lo hiciera—. Piénsalo un poco —repitió mientras cerraba la caja.

Hice lo que me decía: pensé un poco. Y luego pensé un poco más. Y cuanto más lo pensaba, más me parecía que tenía toda la razón. Sabía un montón de cosas sobre Teddy Spivero, después de estudiar a su hermana con tanto detenimiento durante todos esos años. Sabía lo que le gustaba. Sabía lo que no le gustaba.

Y, sobre todo, sabía cuáles eran sus dos mayores obsesiones.

Un plan empezó a formarse en mi cabeza.

—George —dije—, ¿crees que tu novia Patty podría hacerme un favor?

—No es mi novia, pero sí, podría hacerlo si se lo pido —respondió George enseguida, esta vez sin sonrojarse.

¡Vaya! Un poco de atención por parte de una pelirroja guapísima, y de pronto era el señor «Yo confío en mí mismo».

—Fantástico. —Fui hacia la puerta—. ¡Dwayne, ven aquí! —Tal vez fuera a despertarlo, pero no me importaba. La hora de silencio iba a tener que esperar.

El resto de los chicos salieron corriendo de la cabaña,

mirándome como si me hubiera vuelto loco. De ese mismo modo los había mirado yo cuando me habían dicho que hablara más bajo para que ellos pudieran leer.

Y entonces Dwayne salió a trompicones, con los ojos medio cerrados.

—¿Qué pasa, Jackson? —dijo, abriendo la caja de galletas de Jack y haciéndose con un buen puñado—. Será mejor que valga la pena.

—Oh, sí, seguro que vale la pena —respondí. Me sentía orgulloso de mí mismo. De hecho, me habría dado palmaditas en la espalda si hubiera podido—. Creo que he encontrado una manera de que podamos ganar este partido.

Le expliqué mi plan a todo el mundo. Nareem, George y Jack me ayudaron a perfeccionar los detalles mientras lo hacía. Los otros chicos pensaron que era una tontería, pero Dwayne se quedó allí sentado, mirándome intensamente.

Cuando acabé, Dwayne se puso en pie y estuvo dando vueltas por el porche durante un minuto, sin decir nada. Seguramente intentaba decidir si confiar o no en un chico alocado al que apenas conocía.

Y sí, había que ser capaz de atreverse a lo que fuera para ganar.

Cuando una media sonrisa extraña cruzó su cara, supe que ya había tomado una decisión.

—Si esto funciona —me dijo Dwayne— podría ser que fueras el mayor genio de entre todos los que hay aquí.

Luego su risa explosiva puso un brusco punto y final a la hora de silencio.

Querido Jake:

¿Cómo está yendo el verano? No me respondas a esto.

El Campamento Lelibro se parece bastante a lo que creía: mucha lectura, mucha escritura y un montón de gente que me recuerda a ti.

Katie y Nareem están bien. Estoy casi seguro de que se gustan. Y no soy el único que lo sospecha. Pero de momento ellos dos no se han pronunciado al respecto. Ya veremos qué ocurre.

Ahora que lo pienso, mañana juego un partido de baloncesto contra el equipo del hermano de tu novia.

¿Cómo está Hannah? Por favor, escoge una casilla:

a) Triste

b) Fatal

c) No lo sé, porque hemos roto

Tu amigo,

Charlie Joe

—¡Anuncios! ¡Por favor, un poco de silencio para los anuncios!

El doctor Strom pronunciaba anuncios después de cada comida. Normalmente eran sobre un cuento bonito que acababa de leer, o sobre alguna nueva novela que pensaba que todos los campistas podían apreciar. (Es buena cosa que los anuncios no se hagan antes de las comidas, porque de ser así podrían hacerme perder el apetito.) Pero el anuncio de esa noche iba a ser diferente.

—Como todos sabrán —empezó diciendo—, esta noche celebramos nuestro primer fuego de campamento de los viernes, y mañana le corresponderá el turno a nuestra visita anual con los muchachos del Campamento Wockajocka.

Abucheo general.

—¡Quiere decir Campamento Pocacosa! —se oyó que gritaba una voz.

Ovación general.

El doctor Strom hizo gestos con las manos para imponer el silencio.

—Sí, sí, ya sé que nos han dado muchos problemas en estos años en el campo de baloncesto, pero debemos recordar siempre que no se trata del resultado final, sino de aprender cómo jugar deportivamente, con fuerza y dignidad. Estas son lecciones que todos los estudiantes tienen que aprender, para llevarlas a la práctica tanto en el terreno de juego como en el campo de estudio que escojan.

Ese tipo era increíble. ¿Acaso todo tenía que ser aprender y estudiar y estudiar y aprender?

—Sea como sea, el entrenador Dwayne me ha dicho que este año tiene grandes expectativas —continuó diciendo el doctor Strom—. Me gustaría invitarlo a decir unas palabras por este micrófono para que les ofrezca unas cuantas palabras de ánimo. Demos, por favor, la bienvenida al entrenador Dwayne.

Dwayne no era tan alto como el doctor Strom, así que tuvo que bajar un poco el micro.

—Como sé que aquí todo el mundo está leyendo algún libro, dejadme decir que mañana empezará un nuevo capítulo en nuestra rivalidad con el Campamento Wockajocka. —Todos empezamos un griterío de locos, pero nos hizo callar—: No quiero revelar nuestra estrategia, pero sí os daré la indicación siguiente: ¡venid con hambre!

Después de que gritara estas palabras, el griterío se hizo todavía más intenso. Dwayne me guiñó el ojo y empezó a volver hacia nuestra mesa. Pero entonces recordó algo y volvió al micrófono.

—Una última cosa. Me gustaría ver a Patty Ruddy después de la cena. No será más que un minuto. Gracias.

Todo el comedor se volvió hacia Patty, que se sonrojó

hasta ponerse como esa remolacha que siempre sirven y que yo nunca me como.

Nareem se inclinó hacia mí.

—¿De verdad crees que funcionará?

—Sí, ¿lo crees de verdad? —me preguntó George.

—Chicos, tal vez seáis los más listos del país —les dije—, pero cuando se trata de planes a prueba de tontos, yo me parezco a Albert Einstein.

Querido Charlie Joe:

Olvidaste una casilla referente a Hannah.

d) Le va realmente bien y seguimos saliendo. Siento que sea así. De todos modos, ambos desearíamos que estuvieras por aquí para hacer planes contigo.

Espero que el campamento sea fantástico y que no te arrepientas de tu decisión de ir. Vi a tu madre paseando a *Moose* y *Coco* el otro día y me dijo lo orgullosa que estaba de ti. Así que quédate ahí por un par de semanas más y podrás venir a casa y hacer realmente lo que te dé la gana sin meterte en líos.

Impresionante lo de Katie y Nareem. Parecía como si se gustaran durante la escuela, de manera que no me sorprende que eso se esté convirtiendo en una realidad. Estarás emocionado por ellos, ¿verdad?

Hasta pronto,

Jake

Las hogueras eran un gran aliciente en el Campamento Lelibro.

—Puedes odiar el resto del campamento —me había dicho Nareem—, pero las hogueras seguro que te gustarán.

—«Odiar» es una palabra un poco fuerte —repliqué—. Se trataría más bien de querer estar en cualquier otro lugar antes que en este.

Después de la cena todos caminamos desde el comedor por un sendero de tierra hasta llegar a un claro junto al lago en el que habían encendido una hoguera que llegaba hasta el cielo.

Tengo que admitir que era bastante bonito.

Todos los campistas se sentaron en un círculo gigante. George se trabajaba el lado semimágico de su relación con Patty; Jack estaba con los demás chicos de mi cabaña, que seguían mostrándome desconfianza por esas maneras no lectoras que mostraba. Así que me senté con Katie y Nareem, como era habitual. Estaban sentados muy cerca uno de otro. Más cerca que si fueran solamente amigos, ya me entendéis. Sentada con nosotros también estaba Laura Rubin, una chica muy callada que se estaba convirtiendo en una de las buenas amigas de Katie. Laura leía un libro. Sí, ya sé: es algo muy sorprendente, ¿verdad?

Katie me dio un pellizco en el brazo.

—Así que cuéntame, capitán Charlie Joe, ¿qué estás tramando?

—¡Ay! —contesté yo—, ¿a qué te refieres?

—Me refiero a que vi que Dwayne te hacía un guiño durante los anuncios. Me imagino que os guardáis algún as en la manga para el partido de baloncesto, y quiero saber lo que es.

—¿Te crees muy lista, verdad?

—Sí, soy lista, tienes razón.

—Bien, pues te lo diré, pero luego tendré que matarte.

Laura sonrió ligeramente desde detrás del libro.

—Charlie se mostró muy interesado al saber que Teddy Spivero estaba en el Campamento Pocacosa —dijo Nareem.

—Ajá —dijo Katie, procesando la información. Luego se volvió hacia Laura—. Teddy es el repugnante hermano gemelo de la famosa Hannah Spivero. Charlie Joe ha estado colado por Hannah desde que tuvo la edad necesaria para decir «Estoy colado por Hannah».

—«Había estado» colado —precisé—. Ahora que he dejado todo aquello tan atrás ya no es ni divertido.

—Este año ha conocido a una chica estupenda que se llama Zoe —explicó Katie—, y de pronto resulta que Hannah es agua pasada.

—Ya veo —dijo Laura sin dejar de mirar su libro.

Miré hacia el fuego. La mención que Katie había hecho

de Zoe me había traído recuerdos y la echaba de menos, de manera que decidí cambiar de tema.

—Y así, ¿qué pasa con vosotros dos? —pregunté a Nareem y Katie—. Os he estado observando todo el año en la escuela, y ahora en el campamento. Aquí pasa algo, ¿no?

—Salimos juntos —dijo Katie, con lo que a Nareem se le atragantó el zumo que estaba tomando.

—Pues espero que seáis muy felices —dijo Laura.

Todos se echaron a reír.

—Ja, ja —dije yo sarcásticamente.

Por alguna razón no creía que el tema de Katie y Nareem fuese tan divertido. Yo solamente quería decirle al mundo que se gustaban, para no tener que pasar el resto de nuestras vidas con suposiciones.

Laura levantó la vista del libro y por primera vez me miró.

—Tú eres el chico al que no le gusta leer, ¿verdad?

Antes de que pudiera decir nada, Katie dijo:

—Se supone que sí.

La miré.

—¿Y qué se supone que quiere decir eso? —le pregunté.

—Significa que tengo una teoría sobre por qué has venido al campamento —respondió Katie—. Ya sé que dices que lo hiciste por tus padres, lo que en parte es verdad. Pero no es la única razón.

Eso hizo que Laura cerrara el libro.

—Ya empezamos —dije suspirando.

Aunque no tenía ni idea de adónde quería llegar Katie, sus teorías a menudo implicaban cosas que yo no quería oír.

Katie, entretanto, seguía hablando.

—Tú vas por el mundo diciendo lo mucho que odias leer —dijo—, y que quieres hacernos menos empollones y más parecidos a ti, pero no estoy segura de que eso sea cierto.

Me rasqué la cabeza, pues yo de lo que no estaba seguro era de haberlo entendido correctamente. Me habían acusado de muchas cosas en la vida, pero de ser un lector a escondidas, nunca.

—Perdona, pero lo que dices no tiene sentido —respondí yo—. No me gusta hacer deberes, no me gusta la escuela (bueno, partes divertidas de la escuela sí, como el recreo, pero no la parte que implica trabajo), y lo que es seguro es que no me gusta es leer.

—No estoy diciendo que te guste —dijo Katie—. Lo que digo es que una parte de ti siente fascinación por la gente inteligente, por las personas a las que de verdad les gusta aprender. La mayoría de tus amigos en casa son realmente buenos estudiantes, ¿no lo has pensado nunca? Jake, Nareem, Hannah y, ya puestos, yo misma.

—Peter Milano no es buen estudiante —dije, refiriéndome a un amigo que se había especializado en suficientes e insuficientes. Pero Katie estaba demasiado ocupada preparándose para la parrafada final y no podía oírme.

—Creo que en lo más profundo de ti —anunció—, en alguna parte, hay un deseo de ser un empollón.

No tenía ni idea de qué podía responder a eso. Estaba

completamente sorprendido. ¿Y quién no? Era lo más loco que había oído en la vida. Sí, me gustaba tener amigos empollones, pero era porque podían ayudarme con los deberes y esas cosas. Además, ¿qué tenía eso de malo?

De pronto me sentí muy enfadado.

—Si no quieres formar parte de mi grupo de amigos en

este campamento, Katie, lo único que tienes que hacer es decírmelo.

—No te lo tomes así —dijo ella.

—¿Y cómo crees que me lo tomo? —Estaba levantando un poco demasiado la voz. Señalé a Nareem—. Has estado con Nareem mucho más que conmigo. ¿Cómo es eso? ¿Es porque él ha estado antes en este campamento y yo no? O es eso, o es que os gustáis. Así que quizá debáis decidir si tú y él vais a convertiros de verdad en novios, en lugar de aparecer con teorías a lo loco que sabes muy bien que me van a sentar mal.

Katie parecía apenada.

—Eso no ha sido demasiado amable por tu parte, Charlie Joe —dijo Nareem con suavidad.

—Lo siento —contesté yo, con la intención de parecer sincero.

De pronto alguien empezó a agitar un cencerro.

—¡Chicos y chicas, vamos a cantar! —gritó la señorita Domerca, que estaba frente a la hoguera con un vestido morado con un estampado de naranjas y manzanas.

Miré a Nareem, que se encogió de hombros.

—A la señorita Domerca le gusta cantar en grupo.

Efectivamente, se lanzó a una versión ligeramente desafinada de *Blowin' in the Wind*. Tras un minuto un poco raro, Katie me puso la mano en el hombro.

—Sabes muy bien que aunque fueras un empollón encubierto, yo te querría igual —me dijo.

—Deja de llamarme eso —le contesté—. Te lo digo muy en serio.

Katie me miró, negó con la cabeza y luego se fue.

Tras un segundo, Nareem la siguió.

Yo me quedé ahí, mirándolos, sin saber qué hacer. Katie y yo apenas habíamos discutido nunca antes, y eso me hacía sentir extraño. Extraño y mal. Quería rectificar, pero ya era demasiado tarde.

Laura seguía sentada en un tronco, leyendo. Era como una versión de Jake Katz en chica: amable, lista, tímida y siempre con un libro en la mano. Pero me recordaba al Jake Katz de antes de que empezara a salir con Hannah y se convirtiera en una persona mucho más segura de sí misma. La confianza de Laura no estaba tan afianzada, por lo que me parecía.

La miré.

—¿Qué estás leyendo?

Laura me mostró la portada. *El milagro de Anna Sullivan*. Luego me sonrió.

—Es una obra de teatro. ¿Mejora por eso?

—¿A qué te refieres?

—Me refiero a que ya sé lo mucho que odias los libros —dijo Laura, y luego sonrió—. Porque los odias, ¿verdad?

—¿Podemos dejar de hablar de eso, por favor? —contesté, cortante.

Laura se puso colorada.

—Lo siento. Solamente era una broma tonta.

Y miró hacia otro lado, avergonzada.

Quería decirle que yo también lo sentía, que no era con ella con quien estaba enfadado, sino con Katie y sus molestas teorías, y con Zoe, porque estaba lejos, y con todos mis amigos, allá en casa, que se lo estaban pasando en grande sin mí, y con todo ese lugar, en el que me sentía totalmente extraño por primera vez en mi vida. Quería decirle a Laura todo eso, pero por alguna razón no pude.

Así que en lugar de eso, me puse a cantar.

—*How many roads must a man walk down, before you call him a man?* —«¿Cuántos caminos tiene que recorrer un hombre antes de que pueda decirse de él que es un hombre?»

Durante el resto de la velada estuve tan distraído pensando en mi discusión con Katie que ni siquiera las galletas, que estaban deliciosas, lograron que la olvidara durante un rato.

Repasé toda mi vida mentalmente: cómo evitaba la biblioteca en la escuela primaria, y cómo hacía que Timmy McGibney leyera mis libros a cambio de sándwiches de helado en secundaria, y cómo le presenté a Jake Katz a Hannah Spivero... Y luego vi a la chica de mis sueños desaparecer en la luz del crepúsculo con el cerebrín de mi amigo... ¡Todo para que Jake leyera los libros por mí! Y eso por no hablar de cuando participé en la obra de teatro sobre las toallitas de papel, con el único fin de que el profesor no me odiara.

¿Se asemejaba eso en algo al comportamiento de un empollón? Creo que no.

Jack Strong pasó por allí limpiándose malvavisco derretido de la barbilla. En la camiseta de aquel día ponía «Amherst».

—¿Esa es otra universidad? —pregunté yo.

—Sí —replicó él.

—¿Y dónde está?

—No tengo ni idea.

—¿Tu padre también fue allí?

—No, fue mi tío —respondió Jack—. Es una universidad pequeña, pero te sorprendería.

Le ofrecí mi servilleta.

—Lo que dijo George sobre tu padre, eso de que era tan insistente, ¿es cierto?

Jack se quedó pensativo.

—Creo que sí —dijo por fin—. Solamente quiere lo mejor para mí. Pero sí, a veces se pasa un poco.

—¿Y no has intentado nunca decirle que te deje un poco más de sitio?

Pareció extrañado.

—Lo dirás en broma, ¿verdad?

—No, no lo digo en broma. Si pasas demasiado tiempo preocupándote sobre universidades y cosas así, no te quedará tiempo para ser simplemente un chico.

Mientras Jack se quedaba pensativo un rato, miré a mi alrededor en busca de Katie. Quería que me viera en acción, intentando hacer que un ser humano volviera a la normalidad ante sus propios ojos. Pero no la vi por ninguna parte.

De pronto una voz resonó desde la misma hoguera.

—¡Epa, campistas! ¿Cómo estáis? ¡Vamos a hacerlo de una vez!

Miré hacia arriba. Frente al fuego estaba Jared Bumpers, el chico que quería ser el capitán del equipo de baloncesto. Parecía que estuviera a punto de hacer alguna tontería. Conocía a los que eran como Jared. Era uno de esos chavales que esperan toda su vida para estar en el grupo más veterano, para así, al final de todo, poderse sentir alguien importante.

Por otra parte, como Dwayne me había hecho capitán, Jared había decidido odiarme.

—Así que, ¿quién vendrá mañana al gran partido contra Pocacosa? —aulló. Todo el mundo respondió gritando. Jared me hizo una mueca—. ¡Más alto!

Todos volvieron a gritar, exactamente al mismo volumen que la primera vez.

—El equipo ha estado practicando toda la semana —continuó diciendo Jared—. Formamos un buen conjunto. El entrenador Dwayne nos ha preparado.

Sin mención alguna para el capitán Charlie Joe, claro está.

Luego Jared miró a Laura.

—¿Cómo te llamas?

Laura miró a su alrededor, como si no pudiera creerse que Jared estuviera hablando con ella.

—Laura —dijo por fin.

—Bien, Laura, porque es gracias a campistas leales como tú que nosotros seguimos adelante y peleamos por nuestro buen nombre. Así que ven aquí y brinda conmigo.

No me podía creer lo fracasado que era aquel tío, pero aparentemente Laura no compartía mi opinión, porque se puso en pie y se unió a Jared, frente al fuego. Las chicas más jóvenes siempre se enamoran de los tipos mayores, incluso en un campamento de empollones.

Jared sirvió dos vasos de zumo de bicho (una manera

propia del campamento de denominar al zumo de frutas) y le dio uno a Laura. Entrechocaron los vasos.

—Esta va por los hombres y mujeres del Campamento Lelibro —dijo—. Eruditos de primera fila, pero también atletas y competidores. De mente rápida y de cuerpo sólido. ¡Con cerebro y con musculatura obtendremos la victoria!

¿De qué estaba hablando ese tío? Yo quería encontrar a Katie para poner juntos los ojos en blanco, pero entonces recordé que nos habíamos peleado, así que me contuve. Entretanto, Laura miraba a Jared con la expresión «Eres impresionante» dibujada en la cara.

Pero bueno, eso no podía ser: ¿de verdad Laura se estaba tragando aquel teatro? ¿De verdad?

¡Las personas listas son tan tontas, a veces!

Mientras estaba allí sentado y contemplaba al detestable Jared, sacudía la cabeza ante la crédula Laura, pensaba en la completamente equivocada Katie y deseaba estar con la perfecta Zoe, me di cuenta de una cosa.

Nareem no podía estar más equivocado. En realidad, la hoguera del viernes por la noche se había convertido en otra tontería del campamento.

Querido Timmy:

¿Cómo va eso? ¿Qué tal el verano, hasta ahora? Eso está bien. Me alegro por ti.

La primera semana del campamento está a punto de concluir. Mañana es el gran partido de baloncesto contra el campamento de Teddy Spivero. Por lo visto son buenísimos, y él es su mejor jugador. Yo soy el capitán de nuestro equipo, y somos malísimos. Es como si Dios quisiera gastarme una broma de lo más cruel.

¿Pero sabes qué? Tengo un plan. Si funciona, ya te lo contaré todo. Si no funciona, haz ver que nunca hemos tenido esta conversación.

Bueno, luces fuera. Lo que significa que los demás chicos de mi cabaña están ahí tumbados en la oscuridad y piensan en los libros que están leyendo, mientras que yo estoy aquí tumbado y pienso en estar en la playa con vosotros, tíos. Escríbeme si es que puedes desengancharte un rato de las patatas fritas.

Tu amigo,

CJJ

P.D.: Hace tiempo que no sé nada de Zoe. ¿Le puedes decir que me escriba? Gracias.

Al día siguiente, todo nuestro campamento esperaba junto a la bandera cuando entró el autobús del Campamento Wockajocka.

Salieron veinte chicos, a cual más grande. Solamente disponíamos de un chico que fuera tan grande como ellos: nuestro experto en literatura del siglo diecinueve, George Feedleman.

—Esto no está bien —murmuró George, que estaba de pie junto a mí.

—No te preocupes, lo tengo controlado —le contesté.

Teddy Spivero fue el último en salir del autobús. Enseguida me localizó.

—¡Eo, Tarado Jackson! —me gritó, recurriendo a uno de sus cariñosos apodos—. Así que estás en este campamento de tarados con todos los perdedores. ¡Chico, debes de haber encajado enseguida!

Sentí que se me calentaba el cogote por la rabia. Que yo les dijera cosas a mis compañeros campistas estaba bien, pero solamente yo podía hacerlo, nadie más. Tal vez fueran de verdad unos perdedores, pero eran mis perdedores.

—Yo también me alegro mucho de verte, Teddy —le contesté con total tranquilidad.

La venganza vendría luego. En la cancha de baloncesto.

—Yo soy George Feedleman —dijo George tendiéndole la mano—. Juego de defensa.

Teddy miró a George y empezó a reírse a carcajadas.

—¡Chicos, venid a conocer a su hombre fuerte! —les gritó a sus compañeros de equipo.

Los compañeros de Teddy se reunieron a su alrededor, sin dejar de gesticular ni de reírse y estrechando la mano de George. George asentía, feliz. Se notaba que no estaba acostumbrado a que le tomaran el pelo, hasta que se dio cuenta de que en realidad se estaban riendo de él. Entonces empezó a pestañear nerviosamente.

El doctor Strom se dio cuenta de la situación y vino hacia nosotros.

—Caballeros, es fantástico que se conozcan y que vayan rompiendo el hielo, pero los chicos de Wockajocka han tenido un viaje en autobús muy largo, y estoy seguro de que les conviene estirar las piernas un poco antes del partido.

—No, qué va, si estamos la mar de bien —dijo Teddy, dándole una palmada al doctor Strom en la espalda, como si fueran viejos colegas—. El viaje solamente ha durado media hora. Pero ¿podríamos comer algo? Eso sería impresionante.

Tan pronto como Teddy mencionó la comida, Dwayne y yo nos miramos. Él asintió. Yo asentí. El plan estaba en marcha.

—Teddy, me alegro de verte —dijo Katie, que estaba por allí con Nareem, como era habitual—. ¿Cómo está Hannah?

—Tal vez esté por ahí con Jake ahora mismo, pasándolo bien —respondió Teddy, dándome un codazo en las costillas—. Eso te duele todavía, ¿verdad?

—No, la verdad es que no —contesté yo—. Todo va bien. Me gusta estar aquí. Está lleno de gente estupenda. Y a diferencia de tu campamento aquí tenemos chicas.

—¿Y todas tienen pelos en las piernas? —preguntó Teddy—. ¿Como las chicas empollonas que hay en nuestra ciudad?

Me di cuenta de que Laura Rubin y otras chicas se miraban las piernas.

—Eres un impresentable —le dije a Teddy.

Él respondió dándome un puñetazo en el brazo y luego dijo:

—Oye, ahora hablando en serio, ¿qué tal andamos de talento, por aquí? ¿Hay mucho? ¿Pueden ser bonitas las chicas listas?

Estaba a punto de ignorarlo por completo cuando un chaval enorme y rubio de Wockajocka empezó a cantar el himno y el resto del equipo enseguida se unió a él. La letra era algo así:

¡Wocka!
¡Wockajocka!
¡Wocka!
¡Wockajocka!
¡Wocka!
¡Wockajocka!

Llevaban más de un minuto así cuando le di unos golpecitos en el hombro a Teddy.

—Oye, ¿no tiene más letra que esa? —pregunté yo. Teddy me miró.

—¡Lárgate! —me dijo.

Y se alejó con su cántico mientras el doctor Strom los conducía al comedor para que tomaran un tentempié antes del partido.

Miré a mi alrededor y vi que mis compañeros del campamento se habían quedado junto al asta de la bandera. Allí permanecían, en silencio todo el tiempo. Tanto «Campamento Pocacosa» por aquí y tanto «Campamento Pocacosa» por allá, pero cuando el equipo de verdad había llegado, ninguno se atrevía a alzar la voz.

—¡Tíos! —grité—. ¿Qué os pasa? ¡No me iréis a decir que esos payasos os asustan! ¡Vamos, hombre! ¿No veis que no son ni lo bastante espabilados para encontrarle un segundo verso a su canción? ¡Nosotros podemos con esos pollos!

Miré hacia George y Jack, con la esperanza de que me respaldaran, pero no lo hicieron. Y justo en ese momento me di cuenta de algo. En el campamento, uno junto a otro, esos chavales se sentían felices y relajados. Pero si aparecía alguien del mundo exterior, volvían a ser los raritos marginales que eran durante los once meses restantes.

Agarré por el hombro a Jared Bumpers.

—Jared, ¿te acuerdas de todo lo que dijiste junto a la hoguera? Pues sería muy útil que volvieras a repetirlo ahora mismo.

Pero Jared parecía haber perdido la inspiración.

—Bah, déjalo ya, Jackson —me dijo—. ¿Has visto la envergadura de esos tipos? Esto será una carnicería. Lo mismo que todos los años.

—No, no, ¡para nada! —dije yo.

—¡Oye, deja ya de actuar como si lo supieras todo! —me gritó Jared—. ¡No es más que tu primer año en el campamento! Ni siquiera eres de los nuestros, así que deja de actuar como si lo fueras.

Resistí la tentación de decirle hasta qué punto se estaba comportando como un perfecto imbécil.

—Soy el capitán del equipo —le dije con mucha calma—, y me gustaría que tú y el resto del equipo fuerais a hacer calentamiento.

—¡No me vengas con chorradas! —murmuró Jared.

Pero al final vi que reunía al equipo y que empezaban a dirigirse hacia el campo. Busqué a Dwayne y lo encontré junto a los comedores, hablando por teléfono.

—¿Estamos todos preparados?

Dwayne tapó el micrófono del auricular con la mano.

—Sí, sí , todo está bien. Precisamente ahora estoy con el encargo.

—Fantástico —dije—. ¿Quién lleva a Patty en coche?

—La llevo yo —dijo la señorita Domerca, que llegaba en ese momento por detrás de mí—. He oído hablar de tu plan. Creo que es poco limpio, malvado y ruin. —Luego me dio un fuerte abrazo, con los brazaletes y los collares entrechocando contra mi cara—. Y por eso creo que es absolutamente maravilloso —añadió.

11

El partido empezó como era de temer.

El rubio enorme, cuyo nombre resultó ser Chad, ganó el saque y el balón fue a parar a otro chicarrón, quien a su vez se lo pasó a algún otro chicarrón, y este se lo había pasado a Teddy, que había encestado con una bandeja.

Y así todo el rato.

Acabamos el primer cuarto con un parcial de 18-6. Nuestros puntos procedían de un tiro exterior mío, otro de George, que tocó la parte superior del tablero y rebotó dentro, y dos tiros libres de Jared Bumpers. Después de que sus lanzamientos entraran, Jared empezó a dar saltos alrededor de la cancha, como si acabara de matar a un dragón, mientras el chico al que cubría atravesó el campo y encestó.

—¡Jared, vuelve a defender! —grité.

—¡No me presiones! —me respondió Jared.

Los otros dos jugadores del equipo inicial eran Sam, el chico de mi cabaña que por lo menos podía driblar un poco, y una chica llamada Becky, que jugaba a *travel basketball* en su ciudad. Becky lo hacía bastante bien, pero solamente medía un metro cincuenta, así que a menos que pudiera hacerse con un trampolín en el campo, los del Pocacosa iban a ahogarla con tanto tapón.

Lo bueno del caso era que aparte de Teddy y Chad, el resto de su equipo no era tan bueno como pensábamos. Eran muy altos, eso seguro, pero resultó que en realidad no eran jugadores de baloncesto. Parecían más bien jugadores de fútbol americano que no se daban cuenta de que el placaje no estaba permitido en el baloncesto. Eso explica que dos de sus jugadores acumularan dos faltas en el primer cuarto. Para nosotros era estupendo, porque con cinco de esas faltas estás descalificado del partido. El doctor Strom era el árbitro, y algunos de los chicos del Wockajocka se quejaban de que se mostraba demasiado estricto. Fuera como fuera, el doctor no iba a dejar que sus campistas sufrieran lesiones por culpa de los chicarrones del otro campamento. Me pareció un detalle por su parte.

Cuando acabó el primer cuarto, corrimos a la banda.

—¡Ha sido un gran comienzo! —dijo Dwayne. (Las expectativas deportivas son diferentes en el bando de los empollones.) Luego se hizo con un sujetapapeles y empezó a dibujar equis y oes, con lo que parecía que estuviéramos jugando una partida de tres en raya en lugar de un partido de baloncesto—. Chicos, necesitamos hacer algunos *pick and rolls* —añadió.

Sam levantó la mano.

—¿Qué es un *pick and roll*? —preguntó.

Becky puso los ojos en blanco.

—No te preocupes por eso —dijo Dwayne—. Tu trabajo

consiste en provocar faltas de esos chicos. Si de este modo conseguimos que unos cuantos queden eliminados, podremos incluso ganar.

Los chicos Wockajocka que estaban en el banquillo empezaron con un cántico:

«2-4-6-8
»¡Lelibro, vaya tocho!»

Pero nuestros hinchas respondieron con otro:

«L-M-N-O
»¡Pocacosa no ganó!»

Nos quedaba alrededor de un cuarto de hora para llegar al medio tiempo. Miré a Dwayne.

—Estamos preparados —dijo—. Ya están en el camino de vuelta.

El segundo cuarto empezó como el primero... aunque no tan bien. El doctor Strom pitó un par más de faltas a sus jugadores, y yo marqué uno de tres (hablo en serio, no miento) que hizo que el público se volviera loco. Pero a Teddy eso no le gustó nada, y encestó dos bandejas seguidas. Después de la segunda, corrió hacia nuestro público y gritó:

—¿No queríais naranjada? Pues ala, ¡dos vasos!

Uno de nuestros profesores de escritura, el señor Hodges, negó con la cabeza.

—La expresión es «¿No quieres caldo? Pues toma, dos tazas» —dijo.

—¡Ya lo sé! —exclamó Teddy—. ¡Solamente os estoy poniendo a prueba! Porque a vosotros os gustan las pruebas, ¿verdad?

Chocó esos cinco con su entrenador, un chico enorme cuyas rodillas quedaban a la altura de mi cabeza.

Luego, cuando faltaba cosa de un minuto para el final de la primera mitad, pude avanzar hacia la canasta con el balón. Parecía como si dispusiera de una bandeja clarísima. Pero Teddy surgió de repente, después de recuperar el terreno, y me hizo un tapón. El balón rechazado salió despedido y cubrió medio camino del trayecto hacia el Antártico. Me quedé viendo visiones.

—Ahora estás en mi campo, ¿te enteras? —me gritó Teddy—. ¡En mi campo!

En aquel momento no dispuse de la energía suficiente para decirle que técnicamente era él quien estaba en mi campo. Pero lo mismo da, porque creo que no le habría importado demasiado.

Al tiempo que Teddy corría hacia el otro lado de la pista yo intenté ponerme de pie. De pronto oí un ruido fuerte, y se oía cada vez más. No sabía de qué podía tratarse, pero luego lo entendí.

Era un abucheo. Un abucheo enorme.

Miré hacia los laterales. Todos los chicos de Lelibro gritaban a voz en cuello contra Teddy Spivero. Los chicos de mi cabaña. Los monitores, también. Y luego empezaron a animarme.

—¡Puedes hacerlo, Charlie Joe!

—¡Vamos, a por ellos, Jackson!

—¡Venga, hombre, que estamos contigo!

—¡Callaos! —les gritó Teddy—. ¡Volved a la biblioteca!

Pero eso hizo que los chicos le silbaran y abuchearan más fuerte todavía.

Creo que en ese momento me sentí por primera vez, y finalmente, como un auténtico lelibrero.

La primera mitad acabó con un 34-14. Lo positivo era que dos de los jugadores de Wockajocka tenían tres faltas cada uno, lo que quería decir que con dos faltas más estaban eliminados. Pero no se podía afirmar que estuvieran temblando de miedo. Iban veinte puntos por delante frente a un equipo de fracasados. No era de extrañar que en sus bancos estuvieran riéndose mientras chocaban los cinco. ¿Qué podía interponerse entre ellos y otra humillación a Lelibro?

El medio tiempo, eso se interpuso.

¿Recordáis que había mencionado que conocía las dos obsesiones de Teddy? No creo que haya tenido todavía la ocasión de deciros cuáles eran, pero lo hago ahora:

La pizza y las chicas pelirrojas.

Desde que lo había conocido, que es lo mismo que decir desde que había conocido (y amado) a su hermana Hannah, las actividades preferidas de Teddy habían sido comer pizza y molestarme. Era capaz de hacer ambas cosas en el comedor de nuestra escuela de primaria. Por ejemplo, si resultaba que yo, después de lograr sentarme en un sitio cercano a su hermana, hacía acopio de fuerzas para hablar con ella, siempre aparecía Teddy por allí para gritarme: «¡Deja ya de mirar a mi hermana!» Y luego me robaba la pizza, se la comía de un bocado y me gritaba: «¡Me gusta tanto la pizza...!» en la cara y se marchaba, dejándome allí sin pizza, ni orgullo, ni oportunidades para caer en gracia a su hermana.

Teddy descubrió a las pelirrojas un poco después de eso, cuando debía de estar en cuarto. Empezó por perseguir a esa niña que se llamaba Maureen Cochrane, y la llamaba «cabeza de fresa». Hacía como si se burlara, pero todo el mundo sabía que estaba colado perdido por ella. Luego se mudó a la ciudad otra niña de pelo rojo: Kelly Gilbride. De pronto, Teddy la perseguía también a ella, y la llamaba «cabeza de frambuesa» Realmente era muy raro, pero no era algo horripilante ni nada de eso. De hecho, siempre que cualquiera de esas dos niñas intentaba hablar con Teddy, este se ponía rojo como las cabelleras de ellas y echaba a correr, atemorizado. Recuerdo que por este motivo a Katie le había parecido «muy mono». Hasta hoy, había sido la única vez que había oído las palabras «Teddy» y «mono» (con ese sentido, claro está) en una misma frase.

Sea como sea, esta es la historia oculta tras las dos obsesiones de Teddy.

Lo que ayudará a hacer comprensible lo que ocurrió a continuación.

Estábamos sentados en nuestro banco durante el medio tiempo cuando oímos que llegaba el coche.

El doctor Strom también lo vio.

—¿Qué ocurre aquí? —preguntó sin dirigirse a nadie en particular—. Se supone que los coches no tienen que acercarse tanto a la pista.

Pero antes de que nadie pudiera contestarle, la señorita Domerca salió por la puerta del conductor con una gran sonrisa.

—¡Provisiones para el descanso! —anunció, sosteniendo unas diez cajas de pizzas calentitas.

Luego se abrió la puerta del acompañante y de allí surgió Patty Ruddy, con más cajas de pizza todavía.

En cuanto Teddy vio el cabello de coche de bombero de Patty, se levantó del banco y se concentró en ella para no perderse detalle.

Ella avanzó hacia los chicos de Wockajocka. En ese momento ya la estaban mirando todos, con la boca bien abierta. La boca más abierta de todas era la de Teddy.

—¿Os interesa esto de la pizza, chicos? —dijo Patty con

un tono que podría considerarse de coquetería, tal como le había pedido Dwayne—. Están buenísimas.

Teddy y sus compañeros de equipo saltaron desde el banco y acapararon un montón de porciones.

—Tranquilos, chicos, de uno en uno —dijo Patty, lo que hizo que comieran incluso más rápido.

—¿Qué es todo esto? —preguntó el doctor Strom a Dwayne, con voz preocupada—. A mí nadie me había comentado nada de una fiesta de la pizza en el descanso...

—Hemos pensado que sería un detalle para los chicos —dijo Dwayne—. Falta un rato para que vuelva a empezar el partido, ¿y a quién no le gusta un poco de pizza?

—¡Seguro que les da energía para la segunda mitad! —añadió la señorita Domerca—. ¡Venid, venid a por más!

El doctor Strom los miraba y se rascaba la cabeza, como si supiera que estaba ocurriendo algo, algo que en cualquier caso se le escapaba.

—Tendrían que habérmelo consultado antes. ¿Disponen de pizza para todo el campamento, al menos?

—¡Claro que sí! —dijo la señorita Domerca—. ¡Venid, venid a por más!

Al ver que los chicos se arracimaban alrededor de las pizzas, le hice una señal con la cabeza a Patty, para darle la entrada. Caminó hacia Teddy y le puso la mano en el hombro.

—Así que me han dicho que te gusta mucho la pizza —le dijo.

Teddy no contestó nada. Creo que todavía seguían asustándole un poco las pelirrojas.

Patty volvió a intentarlo.

—He oído decir que es tu comida favorita.

—¿Dónde has oído eso? —pudo articular por fin Teddy.

—Sé muchas cosas de ti —dijo Patty, sonriendo.

—¿De verdad? —contestó Teddy, un poco más confiado. Y mirando a Patty a los ojos añadió—: ¿Como qué, por ejemplo?

Ahora le tocaba a Patty ser tímida. O por lo menos fingir que lo era.

—Bueno, pues por ejemplo... —dijo finalmente—. He oído decir que puedes comerte una pizza entera en menos de dos minutos. Eso es toda una hazaña.

—¡Pues claro que puedo! —dijo Teddy, con la boca llena ya en aquel momento. Al instante estaba metiéndose más y más trozos de pizza en la boca.

Chad, el enorme compañero de Teddy, vio lo que estaba sucediendo y acudió corriendo.

—Oye, oye, ¿qué estás haciendo? Eso no es muy inteligente. Todavía nos queda por jugar la mitad del partido.

—¡No pasa nada, colega! —masculló Teddy, esparciendo por el aire abundantes partículas de pepperoni procedentes de su boca—. Lo tengo todo controlado.

Katie, Laura y Jack vinieron a mi lado, sin dejar de mirar a Teddy.

—¿Qué está haciendo? —se preguntaba Laura en voz alta.

—Pues a mí me parece como si estuviera intentando meterse una pizza entera en la boca —dije yo.

—Ajá —dijo Katie, sin mirarme. Seguía comportándose de una manera un poco rara desde nuestra pequeña discusión junto a la hoguera.

Me encogí de hombros.

—¿«Ajá»? ¿Qué quieres decir?

—Ajá, que ya lo pillo —dijo Katie—. La pizza. La pelirroja. Muy bien.

Esa Katie... Me conocía demasiado.

—¿Qué es lo que está tan bien? —quiso saber Laura.

—No dejes nunca que Charlie Joe te diga que no es listo —dijo Katie.

—No tienes que preocuparte por eso —dijo Jack poniendo los ojos en blanco—. Charlie nunca, nunca nos ha dicho que no sea listo.

—Lo que demuestra que tengo razón —dijo Katie.

Jack parecía desconcertado.

—¿Sobre qué?

—No vas a creértelo —le dije—. Katie piensa que en secreto desearía ser un amante de los libros y un empollón, como todos vosotros. Cree que si digo tantas veces que odio leer es porque en realidad me gusta.

Jack reflexionó durante unos segundos.

—Pues la verdad es que eso tiene sentido. Todos tenemos secretos. Yo en secreto desearía pasarme la vida en el sofá mirando la televisión.

—¡Oye, vete con cuidado! —dije—. No se te ocurra decírselo a tu padre.

—No se lo diré —contestó rápidamente Jack.

Volvimos a prestar atención a lo que hacía Teddy y comprobamos que acababa de zamparse una pizza entera en unos noventa y ocho segundos. Patty aplaudía.

—¡Guau, es increíble! ¡Impresionante! —le dijo, con la más resultona de sus sonrisas.

—Gracias —masculló Teddy con la boca llenísima. Empezaba a sudar a mares. Uno de sus compañeros de equipo le trajo un refresco.

—Toma, bébetelo —dijo el chico, ignorante sin duda de que las burbujas iban a empeorar las cosas.

Las iban a empeorar muchísimo.

Después de darle unos tragos al refresco, Teddy volvió tambaleándose al banco de su equipo, en donde Chad estaba haciendo girar un balón sobre su dedo. La cosa se iba a poner interesante, así que me acerqüé para no perderme detalle.

—Tío, no tienes buen aspecto —le dijo Chad a Teddy—.

Ya te he advertido de que comerse una pizza entera era una tontería.

—Déjame en paz —jadeó Teddy—. Lo que necesito es sentarme.

Chad negó con la cabeza.

—Vamos, hombre, que tenemos un partido que jugar. ¿Estás listo para salir o qué?

Teddy no dijo nada durante un minuto y luego por fin respondió... ¡vomitando la pizza entera sobre los pantalones de Chad!

Chad se miró el equipamiento echado a perder, sin poder dar crédito a sus ojos.

—Tío, tío, ¿qué has hecho?

Teddy le respondió, esta vez vomitándole el refresco sobre las zapatillas.

—¿Tú eres tonto o qué? —gritó Chad, al tiempo que Dwayne, el doctor Strom y el entrenador de Wockajocka se acercaban corriendo.

—¿Qué ocurre aquí? —gritó el doctor Strom, repitiendo su expresión favorita en ese día.

Chad señaló a Teddy.

—Este idiota, que se ha comido una pizza en un minuto para impresionar a una chica, ¡y luego me la ha vomitado encima!

—Sí, vale, eso es lo que he hecho —respondió Teddy, que obviamente ya se sentía un poco mejor—. ¡Me juego lo que quieras a que tú no podrías, pedazo de lerdo!

Y antes de que a nadie se le hubiera ocurrido evitarlo, Chad había agarrado a Teddy y empezaron a revolcarse por el suelo, peleándose.

Sin entrar en detalles demasiado desagradables, pequeñas pellas de expizza volaban por todas partes.

—¡Puaaaj! —gritó Pathy.

El doctor Strom sopló tan fuerte que su silbato sonó más alto que cualquier otro silbato que hubiera oído en la vida.

—Ustedes dos, ¡levántense! —gritó a Chad y Teddy.

Efectivamente, después de un poco más de lucha en el vómito, se levantaron.

—Vayan a limpiarse —dijo—, y luego siéntense en el banco. Los dos quedan expulsados del partido.

Dwayne se acercó a mí discretamente.

—¡Vaya, esto va a salir mejor de lo que pensaba! —susurró—. Realmente vamos a poder ganarles.

Asentí. Tenía razón. La Operación Fiesta de la Pizza había funcionado a la perfección. En nuestros planes entraba que Teddy comiera demasiada pizza como para jugar bien. Pero nunca habríamos imaginado que iba a vomitar sobre el otro mejor jugador del equipo, y que iban a expulsarlos a los dos del partido. A eso se le llama un sueño hecho realidad.

Dwayne reunió al equipo. Cuando iba para allá, agarré a Patty del brazo.

—Eres increíble —le dije.

—Gracias —me respondió, sonriente. Luego también se dirigió al banco y le dio un beso en la mejilla a George.

—Si ganáis —le dijo— tendrás otro beso en la otra mejilla.

En la segunda mitad las tornas cambiaron completamente.

Tras unos cinco minutos, el tercero de sus mejores jugadores salió por acumulación de faltas, y tres minutos después, otro chaval más. Empezaron a entrar en pánico. De pronto, Becky empezó a encontrar espacio, y encestó tres de tres seguidos. Sam hizo una bandeja, yo dos tiros en suspensión. En cuanto a George, que se sentía como Superman tras el beso de Patty, bloqueó tres disparos y pilló todos los rebotes. Incluso Jared interceptó el balón dos veces. Todo el mundo contribuía, y a cada canasta crecía nuestra confianza.

Entretanto, Teddy estaba sentado en un extremo de su banco. Se había quitado la camiseta y se había puesto una toalla alrededor de la cabeza. No parecía que tuviera demasiado apetito.

Para el final del tercer cuarto, solamente perdíamos 38–34.

Nuestros seguidores enloquecían. Sentían en los labios la miel de la victoria contra el Campamento Pocacosa. Era la primera vez en la historia que eso ocurría.

—Tenemos que seguir así —nos dijo Dwayne antes del último cuarto—. Están desconcertados. Los deportes se basan en el momento y en la confianza, y de eso ahora andamos sobrados. Vamos a liquidar el asunto.

Dwayne hacía que pareciera fácil, pero no lo era. Los del otro equipo se dieron cuenta de pronto de que corrían el peligro de ser los primeros de Campamento Pocacosa que perdían con nosotros, y empezaron a jugar mucho mejor. Pero nosotros no cedimos, tampoco. Seguimos con nuestro juego y lanzando a canasta.

Aquello se convirtió en un auténtico partido de baloncesto. Faltaban quince segundos y estábamos empatados: 48-48. Uno de sus chicos falló en un lanzamiento y George se hizo con el rebote. Dwayne pidió tiempo muerto inmediatamente.

—Vamos a aguantar la posesión del balón para el último lanzamiento —nos dijo—. ¿Quién quiere asumir la responsabilidad?

—Yo —dijo Jared, aunque no había marcado más que cuatro puntos en todo el partido.

—Quiero oír lo que dice el capitán —dijo Dwayne.

Jared enrojeció.

—No es justo —se quejó. Pero nadie le hizo caso.

Pensé durante un rato.

—El último lanzamiento tiene que ser para George.

George pestañeó y sacudió la cabeza.

—De eso nada.

—Hablo muy en serio —dije yo—. Todos piensan que

seré yo o Becky. Tú podrás colocarte bajo la canasta con mucho espacio. Confía en mí.

George se lo pensó un rato y luego inspiró profundamente.

—De acuerdo, adelante. Pero si no sale bien no voy a perdonarte nunca.

Volvimos a la cancha. Saqué desde la banda y le pasé el balón a Becky. Ella regateó y se la pasó a Sam, quien inmediatamente me la pasó a mí. Todos los chicos del Campamento Pocacosa me rodearon, mientras George se deslizaba bajo el aro. Fingí que lanzaba, y luego, evitando los larguísimos brazos, pasé una pelota botada a George. Quedaban tan solo dos segundos. Él miró hacia el aro, murmuró algo que probablemente era una oración de algún tipo y luego hizo la bandeja más triste que he visto en mi vida.

El balón dio vueltas por el aro unos veinte minutos... Bien, de acuerdo, quizá no tanto, pero parecieron de verdad veinte minutos... Y finalmente pasó a través de la canasta. Todo el mundo, tanto los de un equipo como los del otro,

lo mismo que el público, se quedó callado durante un segundo, hasta que George se volvió y miró a Patty.

—Ha entrado —dijo con tranquilidad. Y entonces sí que fue la bomba.

La gente empezó a gritar tanto como le permitían los pulmones. Los campistas invadieron la cancha y nos llevaron a hombros, como si acabáramos de ganar la NBA (o el Premio Nobel). Todos se abrazaban entre ellos, y también abrazaban al doctor Strom. A Dwayne lo empaparon de Gatorade. Aquello se convirtió en un manicomio. Un manicomio feliz.

Entretanto, los chavales de Wockajocka esperaron pacientemente hasta que pudieron estrecharnos las manos a todos los del equipo. Resultó que tenían un gran sentido de la deportividad.

—Felicidades, buen partido —nos iban repitiendo una y otra vez. Incluso Chad se mostró amable. Teddy fue el único en comportarse como un impresentable. No quiso estrecharle la mano a nadie y no decía ni una palabra. Aunque finalmente vino a por mí y me clavó el dedo en el pecho.

—Perdedor —me dijo con expresión de desprecio—. No puedes ganar sin recurrir a trampas. Ya sé lo que pretendías. Pero el año que viene esto no volverá a pasar, puedes creerme. El año que viene no tendremos compasión.

Choqué los cinco con él, contra su voluntad.

—El año que viene —dije— estaré en la playa.

Cuando el autobús de Wockajocka se hubo marchado, todos los del campamento fueron al comedor para celebrar una fiesta con helado, pero la situación era muy rara. Una vez que se acabó la euforia del campo de baloncesto, nadie tenía ni idea de cómo celebrar una victoria, puesto que nunca antes había pasado tal cosa. Tras unos cuantos minutos en los que todos estuvieron de pie comiendo helado, Dwayne se hizo con el micrófono.

—¡Atención, atención! —dijo—. Simplemente quiero daros las gracias por haber venido al partido de hoy. Y pensaba que tal vez queríais escuchar al chico que nos ha llevado a la victoria. ¡El capitán Charlie Joe Jackson!

Todo el mundo gritó con entusiasmo (excepto Jared, naturalmente) cuando tomé el micrófono, pero por una vez en la vida no tenía ni idea de qué decir.

—Ya sé que pensáis que odio los libros, y aprender, y todo eso... —dije por fin. Miraba a Katie mientras lo decía, pues hacía poco que había averiguado que ella pensaba justo lo contrario—. Y también sé que lleva un tiempo acostumbrarse a mí —continué diciendo—. Pero luego resulta que me gusta utilizar la cabeza, también, incluso cuando solamente se trata de dar con la manera de que un chico coma tanta pizza que vomite.

George imitó a Teddy mientras lo hacía, y todos rieron.

—Sea como sea —añadí—, gracias por aceptarme.

—¡No te confíes! —añadió Jack, lo que hizo que todo el mundo volviera a reír.

Le pasé el micrófono al doctor Strom y me senté. La gente me daba palmadas en la espalda.

—Uf, vaya primera semanita —dijo el doctor Strom, intentando mostrarse amable. Yo estaba seguro de que seguía enfadado con nosotros por no haberle informado del plan de la pizza, pero como había resultado tan importante para el campamento, lo pasaba por alto—. Y la verdad es que tengo más buenas noticias —continuó diciendo—. En los primeros días de la semana que viene les haré saber algunos nuevos planes que prometen hacer más rica y provechosa su experiencia en este campamento.

Nos miramos unos a otros.

—¿De qué va esto? —pregunté a los chicos, sintiendo que de pronto me abandonaban las ganas de fiesta.

—Ya lo averiguaremos —dijo George—. Me muero por saberlo. El doctor Strom siempre tiene unas ideas... Es impresionante.

Oh, vaya. Ciertamente estaba aprendiendo a respetar al doctor Strom, pero «impresionante» no era exactamente la palabra que me venía a la cabeza.

Katie vino a mi lado, y esta vez realmente me miró.

—Buen trabajo —dijo. Pero antes de que pudiera decidir

si realmente estaba mostrándose simpática conmigo, arqueó las cejas—. Resulta que solamente te ha llevado una semana sentirte bien aquí. Si no te conociera mejor, diría que eres uno más, como nosotros. Nosotros, ya sabes... Nosotros los empollones, ¿no?

—Ja, ja —contesté.

Pero Katie esperaba una respuesta razonada.

—De acuerdo —admití—. Sí, aquí se está bien, supongo. Y encajar aquí también hace que me sienta bien. Por mucho que siga odiando los libros y todo lo que tenga que ver con ellos.

—¡Guau! —dijo George—. La idea de que alguien como tú se sienta bien al encajar con un grupo de chicos como nosotros...

—Sí, ¿qué pasa? — pregunté yo.

George negó con la cabeza.

—La vida te da unas sorpresas increíbles —contestó.

¡Hola, Charlie Joe!

Felicidades por haber resistido una semana entera en el campamento. Ya solo te faltan dos largas semanas más para acabar.

No quiero decirte lo bien que me lo estoy pasando este verano porque no quiero que me acuses de desear en secreto que te sientas fatal, como haces siempre. Así que no voy a decirte nada de nada de lo increíblemente bien, de lo sorprendentemente impresionante que está resultándome el verano hasta ahora.

De verdad, no voy a soltar prenda.

Bueno, tengo que dejarte para irme A PASARLO BIEN.

Timmy

Segunda semana

¡Campistas, uníos!

Así que sí, lo admito: en la segunda semana empezaba a sentirme como si formara un poco parte del Campamento Lelibro. Pero hay una diferencia entre sentir como si formaras parte y formar parte de verdad.

Es cierto, ya no me sentía como un intruso. Pero todavía había muchas cosas de ese campamento que no comprendía, simplemente. No comprendía esas carreras a la biblioteca del campamento cuando llegaban los nuevos pedidos de libros. No entendía eso de escribir cartas solo para distraerse. Y lo que nunca, nunca entendería era eso de seguir leyendo mientras caminaban hacia los comedores.

Pero más que nada no entendía por qué a los chavales les gustaban las clases... Perdón, me refiero a los talleres. Tener que ir a la escuela en verano era algo a lo que no me acostumbraría nunca. Era algo que no le desearía ni a mi peor enemigo... Excepto tal vez Teddy Spivero.

El lunes por la mañana después de la gran victoria de baloncesto, estaba sentado en el taller «Escribe y verás», que era el más soportable, sobre todo gracias a la señorita Domerca. Estaba trabajando en un proyecto importante: intentar que George llevase su relación con Patty al nivel siguiente:

El nivel del beso en los labios.

—Ahora eres un héroe deportivo —le dije—. Eso te pone en una nueva categoría de magnetismo hacia las chicas.

—¿Quieres hacer el favor de callar? —me rogó George, el muy desagradecido.

Me encogí de hombros.

—Bueno. Pero ella ha abierto la puerta con ese beso en la mejilla, eso es todo lo que digo.

—No estoy aquí para salir con chicas, estoy aquí para estudiar —insistió él.

—Tal vez podrías estudiar a las chicas —intervino Jack Strong.

Yo me eché a reír. Porque resultaba que Jack era un tipo realmente divertido. Seguía llevando esas camisetas tan cargantes (aquel día le había tocado el turno a la Universidad de Nueva York), pero al menos se estaba relajando un poco.

La broma de Jack resultó ser el final de la conversación. Oí el familiar entrechocar de brazaletes, y luego la voz de la señorita Domerca detrás de mí.

—Lamento interrumpiros, chicos. Charlie Joe, ¿puedo hablar contigo un momento?

Oh-oh.

La seguí para salir fuera, bajo el porche frontal de la cabaña. Miramos hacia el gran y bello lago. Ya sabéis, ese en el que no estaba nadando, porque tenía que permanecer en un taller que era como una clase, en una habitación que era como una clase, en un edificio que era como una escuela.

—¿Qué hay? —pregunté.

La señorita Domerca se sentó en una especie de mecedora gigante que había allí y empezó a balancearse, adelante y atrás...

—Charlie Joe, ¿cuánto hace que nos conocemos?

¿Qué era eso? ¿Una pregunta trampa?

—Mmm... Una semana.

—¡Exacto! —La señorita Domerca me sonrió como si acabara de solucionar el problema del hambre en el mundo—. Y en todo este tiempo, ¿dirías que nos hemos llevado suficientemente bien, y que en lo que se refiere a profesores, no estoy en tu lista de los cinco peores de todos los tiempos?

La miré entornando los ojos.

—Sí, bueno, sí que lo diría. ¿Pero de qué va esto?

—Quiero que hagas algo por mí.

Lo sabía. La amistad, los cumplidos, la ayuda en la Operación Fiesta de la Pizza... ¡Todo era un truco para obligarme a hacer algo!

Típica maniobra de profesor.

—¿Algo como qué? —pregunté, esperándome lo peor.

Y eso fue lo que obtuve: la señorita Domerca tomó un papel de una mesa y me lo entregó. Era un número del *Heraldo de Lelibro*, el periódico del campamento.

Lo mantuve lejos de mi cuerpo, como si despidiera un olor peligroso.

—¿En serio?

—En serio. Soy la representante de los profesores y quiero que te unas a nuestro equipo.

—¿Por qué?

—Porque creo que podrías ser un buen escritor —dijo la señorita Domerca, dándome una palmada en la pierna—. Eres divertido, eres listo, y ciertamente tienes criterio propio. Creo que serías un elemento valioso en nuestro equipo. Podrías ser nuestro columnista y escribir sobre lo que quieras.

Arqueé las cejas. No sabía lo que era un columnista, pero sonaba bastante bien. ¿Sobre lo que quisiera? ¿Dónde estaba la trampa?

—La única limitación —añadió la señorita Domerca— es que todas tus columnas tienen que referirse a un libro que estés leyendo aquí en el campamento.

Siempre hay alguna trampa.

—A ver si todo queda bien claro —dije yo sentándome a su lado en el balancín—. Yo puedo escribir sobre todo lo que quiero, pero en verdad no puedo hacerlo, puesto que todo tiene que salir de un libro, ¿no es eso?

La señorita Domerca suspiró.

—¿Por qué tiene que ser todo tan difícil contigo, Charlie Joe? De todos modos tienes que escribir y tienes que leer, ¿no es cierto? Este es un campamento de lectura y escritura. Así que dime, ¿por qué no intentas pasártelo tan bien como puedas mientras lo haces?

Pensé sobre el asunto durante un segundo.

—Además —añadió entonces—, tienes que pensar que todos los chicos lo leerán, de modo que atenderán a lo que tú tengas que decirles.

Humm. Eso podía resultar interesante. El partido de baloncesto me había ayudado a ganarme la amistad de alguno de esos chicos. Tal vez de esa manera sería más fácil recorrer el resto del camino, por no mencionar la ayuda que representaría en mi misión de convertir a esos empollones en exempollones.

—De acuerdo —dije por fin—. Lo probaré.

—¡Fantástico! — La señorita Domerca corrió al interior. Cinco segundos después volvía a salir cargada con una pila de libros.

—He pensado que podías empezar con estos. —Me dio unos golpecitos en la cabeza, como si fuera un perro—. Nos reunimos los lunes, martes y miércoles durante el primer recreo. El diario sale los miércoles y viernes.

Me dejó sentado allí con los libros. ¿He mencionado ya lo gordos que eran? Pues sí, eran gruesos, muy gruesos. Y por lo que podía adivinar, no había ni un solo dibujo en ninguno de ellos.

Miré cada uno de los libros durante aproximadamente ningún segundo y luego volví adentro.

—Nareem —dijo George durante la comida—, ¿puedes pasarme las zanahorias?

A George le gustaban las zanahorias cocidas, otra característica que contradecía las habituales en mis amigos. Incluso Nareem detestaba la zanahorias cocidas.

—Ahí tienes —dijo Nareem, mientras los demás sacudíamos la cabeza. Repugnante.

—Eso me recuerda, Nareem —dijo Jack con la boca llena—, ¿qué pasa contigo y con Katie? ¿Salís juntos o qué?

Nareem miró a Jack.

—¿Que yo le pase a George las zanahorias te hace pensar en Katie y en mí?

—No, no es por las zanahorias —dijo Jack. Todo el mundo se echó a reír.

Yo sonreí. Durante los dos primeros días en el campamento, en las comidas se hablaba de libros, de ecuaciones y de otras herramientas de aprendizaje. A esas alturas, en cambio, pasábamos la mayor parte del tiempo hablando de chicas. Un cambio sustancial, si queréis mi opinión.

Nareem parecía incómodo.

—Bueno, la verdad es que he estado dándole vueltas al

asunto —dijo, mientras estudiaba con detenimiento sus macarrones con queso—. No estoy seguro de disponer de tiempo para tener una novia ahora. —Entonces me miró—. ¿Tú qué opinas, Charlie Joe?

—¿Sobre qué? —pregunté.

—¿Sobre qué va a ser? —dijo Nareem—. ¡Sobre Katie, hombre!

—Pues creo que cuando los dos admitáis al fin que os gustáis saldrá en la primera página de los diarios. —Inmediatamente me di cuenta de que eso sonaba un tanto extraño, así que añadí—: Es la persona más sorprendente del mundo, y es impresionante que tú le gustes, tío, así que felicidades.

—¿Y qué hay de ti, Charlie Joe? —preguntó Jack—. ¿Hay alguna chica nueva en tu vida? ¿Alguna empollona?

—No —respondí yo.

—¿Y qué hay de Laura Rubin?

Sacudí la cabeza.

—De eso nada, solamente somos amigos. Además, a ella le gusta Jared Bumpers, por alguna extraña razón.

—¿Y qué pasa con Zoe? —preguntó Nareem.

—No sé nada de ella últimamente —respondí muy deprisa. Sentía que las orejas se me calentaban—. Desde aquella carta que recibí el tercer día o así, nada más.

Nareem sacudió la cabeza.

—Eso es extraño.

—Sí, claro. —De pronto sentía un terrible deseo de cambiar de tema, aunque fuera para volver a los libros y a la enseñanza—. Bueno, ya hemos hablado bastante de chicas. ¿Qué os ha parecido el segundo taller, con ese ejercicio de velocidad de lectura que hemos hecho hoy, eh? Ha sido una caña, ¿verdad?

Los tenedores cayeron. El zumo salió de las bocas. Los chicos se miraron entre ellos, sin comprender. Luego todos me miraron a mí.

—¿Quién eres tú? —preguntó George—. ¿Qué has hecho de Charlie Joe Jackson?

El mejor lugar de todo el campamento era probablemente La Tabla de Materias, la cantina del campamento. Se podía ir allí a comprar chocolatinas, refrescos, patatas y demás tentempiés, y también podías ir a pasar el rato. El problema era que como cantina La Tabla de Materias solamente estaba abierta quince minutos cada vez, entre un taller y otro. Era como un minidescanso. Estando

allí probablemente sentías lo mismo que los presos a los que solamente permiten quince minutos diarios de ejercicio.

Durante el primer recreo La Tabla de Materias se convertía en la redacción del *Heraldo de Lelibro*. Lo mejor del caso era que durante las reuniones teníamos regaliz gratis, y con ese pequeño detalle formar parte de la redacción del diario del campamento ya me parecía mejor.

Cuando entré en la cantina para mi primera reunión me encontré con unas cuantas caras familiares: Jack Strong, Laura Rubin y Jared Bumpers, todos estaban ahí.

Y naturalmente también estaba la señorita Domerca, en su línea, es decir, con un humor un poco demasiado bueno.

—¡Charlie Joe, bienvenido! —dijo, la mar de cantarina.

—Hola —contesté yo.

Jack me miró.

—¿Qué hace un zángano como tú en un sitio como este? Aquí venimos a trabajar.

Señalé a la señorita Domerca.

—Me pidió que viniera y me dijo que podría escribir sobre todo lo que quisiera.

La señorita Domerca dio una palmada.

—Chicos, atended un momento. Charlie Joe se ha unido a nosotros como columnista. Eso significa que escribirá artículos de opinión, en lugar de los informes directos que redactaréis los demás.

Jared me miraba mal, como siempre.

—¡Un momento, un momento! ¿Cómo es eso? ¿Cómo puede ponerse a escribir lo que quiera?

—Todos los demás tendréis la oportunidad de redactar artículos de opinión la semana que viene —dijo la señorita Domerca—. Todos somos parte del mismo equipo.

—Bueno —dijo Jared, poniéndose en pie—, pues yo voy a hacer un estudio de los hábitos alimenticios de los campistas a la hora del desayuno, y de cómo esto afecta a su capacidad de hacer lo que es debido en los talleres matinales —anunció. Luego rodeó con los brazos a Laura—. He decidido que voy a dejar que la señorita Rubin trabaje conmigo.

Laura, a quien por lo visto le faltaba la parte del cerebro que reconoce a las personas detestables, asintió para mostrar su conformidad.

—Lo que dices suena fascinante —dijo la señorita Domerca, lo que la convertía en la única persona con esa opinión—. ¿Qué hay de los demás? —Miró a Jack Strong—. Jack, ¿alguna idea sobre lo que te gustaría escribir?

Jack le dio un sorbo a su refresco.

—Pensaba que tal vez podía hablar a los chicos sobre cómo se enfrentan a la presión para triunfar a edad tan temprana.

—¡Oooh, eso sí que es un tema interesante! ¡Y jugoso! —dijo la señorita Domerca.

—Tal vez deberías entrevistar a los padres —le dije—. Porque ellos son los que presionan a los chicos sobre cosas como a qué universidades tienen que ir.

Jack se ruborizó.

—Tú no sabes nada de mis padres —dijo.

—¿Y quién ha dicho nada sobre tus padres? —protesté.

Pero me di cuenta de que tenía razón. Había rebasado una línea. La presión que debía de sentir por parte de su padre debía de ser intensa. Que te digan que tienes que sacar buenas notas es una cosa. Que te digan que tienes que ingresar en Harvard, otra, y muy diferente.

—Lo siento, amigo —le dije.

La señorita Domerca se volvió hacia mí.

—¿Y qué me dices de ti, Charlie Joe? ¿Has tenido oportunidad de inspeccionar los libros que te di? ¿Has escogido alguno en concreto para concentrarte en él?

La auténtica contestación a esas preguntas era un no y otro no, pero no parecía el momento más adecuado para mostrarse sincero.

—¡Pues claro que sí! —dije. Entonces alargué la mano hacia el montón de libros y tomé uno al azar—. He pensado que leer este sería una buena idea.

—¡Qué idea más maravillosa! —exclamó la señorita Domerca. Eso excitó mi curiosidad, así que miré el misterioso libro que había escogido. Una fotografía de un hombre ocupaba la portada. Mostraba una gran sonrisa y un poblado bigote. Luego reparé en el título. *Lech Walesa: El camino a la democracia.*

¿Lech Walesa? ¿Qué era eso? ¿Un país? ¿Un idioma extranjero? ¿Algún misterioso monstruo marino?

—Vaya, eso sí que es una elección radical —dijo Jared con expresión de disgusto—. ¿Pero quién puede ser este tío?

—Es una historia muy larga —contesté, en la salida más segura que se me ocurrió en ese momento.

La señorita Domerca tuvo el detalle de intervenir.

—Lech Walesa es uno de los mayores héroes del siglo veinte —anunció—. Era un trabajador polaco cuando fundó Solidaridad, un movimiento que fue decisivo en la caída del comunismo en Europa del Este. —Me sonrió—. Charlie Joe, estás en la plataforma de salida de un viaje fascinante. Estoy muy impresionada con tu elección. Tengo ganas de ver cómo este libro te ayuda a confeccionar tu primera colaboración en el diario. La necesito mañana para incluirla en la edición del miércoles.

Intenté sonreír como respuesta.

—Fantástico.

¿Solidaridad? ¿Comunismo? ¿Europa del Este? ¡Madre mía! ¿Dónde me había metido?

Querida Zoe:

Intento decidir por qué todavía no has contestado a mi carta. He ido eliminando posibilidades, y al final solamente me han quedado dos:

1) La iguana que tienes por mascota se ha comido el papelito en el que habías apuntado mi dirección, o bien

2) Tu carta se ha perdido en el correo y acabará en algún otro campamento con un nombre similar, como Campamento Lelitro.

Ahora en serio: estoy seguro de que estás pasando un verano fantástico y ocupadísimo, pero sería fabuloso si pudieras contestarme. ¿Va todo bien? Recibí una carta de Jake en la que explica que no te ha visto mucho por ahí.

En estos momentos me esfuerzo por evitar leer un libro sobre Lech Walesa, que se hizo famoso por acabar con el comunismo y por ganar el Premio Nobel de la Paz. Pero si me lo preguntas a mí, te diría que su gran logro es ese bigotazo, realmente impresionante.

¡Espero noticias tuyas!

CJJ

19

—¡Venga, es tu oportunidad! —le dije a George, dándole un codazo en las costillas—. Limítate a hablar con ella. Arriba ese ánimo.

Habíamos bajado al lago a pasar el tiempo dedicado a los deportes acuáticos. Era ese mismo día, con la tarde más avanzada. Yo intentaba olvidarlo todo sobre Lech Walesa y el tocho de su libro. Pensaba que la mejor manera de conseguirlo era continuar con mi proyecto de ayudar a George a ganarse el amor de Patty Ruddy.

George se comportaba de un modo raro cuando se trataba de Patty. En la cabaña, con todos los chicos, a juzgar por lo que decía iban a casarse enseguida. Pero frente a ella, tenía la manía de olvidarse de cómo hablar.

Patty estaba tendida sobre una toa-

lla, hablando con su amiga Samantha, quien por lo visto era una campeona de los concursos de deletreo.

George las miró, nervioso.

—Venga, acompáñame —me rogó.

—¡Nooo! —respondí—. La pelota está en tu tejado. Ya estás preparado. Este es tu momento.

George tomó aire y luego se dirigió a la toalla de Patty como si se dirigiera al despacho del director. Lo observé mientras le decía algo a Patty que hacía que esta lo mirara desde abajo y sonriera. Hablaron durante un segundo y luego George se sentó. Unos diez segundos después, Samantha se levantó y corrió hacia el agua. Patty se quedó con George. Cinco segundos después, la rodeó con el brazo.

Yo los miraba, totalmente impresionado conmigo mismo. Primero Jake y Hannah, y ahora George y Patty. Si existiera el título universitario para la formación de parejas, ya lo habría obtenido.

—¡Charlie Joe! ¡Charlie Joe! ¡Charlie Joe!

Me volví y me encontré con un estallido de agua en la cara. Después de limpiarme los ojos vi a Jared allí de pie, con un cubo en la mano, muerto de risa. Laura estaba de pie junto a él y parecía algo incómoda, como siempre.

—Lo siento, tío, es que simplemente me parecía que necesitabas mojarte un poco —dijo Jared, todavía entre risas.

—Tienes razón, lo necesitaba —le contesté, limpiándome la cara con una toalla—. En realidad ha sido una sensación muy agradable, gracias

—No ha sido agradable para nada —insistió Jared.

En ese momento apareció Dwayne.

—Jared, ¿a qué ha venido esto?

—¡No es nada, Dwayne! Solamente nos estábamos divirtiendo.

Dwayne miró a Jared desde su altura.

—Bueno, pues no se puede decir que sea este el tipo de diversión que deseamos tener en este campamento...

—Él lo siente —interrumpió Laura.

—Solamente quiero que recuerdes que el tiempo libre es para relajarse, así que vamos a llevarnos bien y a disfrutar —dijo Dwayne—. Sobre todo pensando que tal vez no dure mucho.

Lo miramos.

—¿De qué estás hablando? —pregunté.

Él señaló colina arriba, hacia la cabaña del doctor Strom.

—He oído rumores de que el doctor quiere añadir otro taller antes de la comida.

¡Ajá! ¡Así que esos iban a ser los «nuevos planes» de los que había hablado el doctor Strom en la celebración de nuestra victoria baloncestística!

Di un pisotón sobre el suelo, lo que no tiene ningún efecto si se hace sobre la arena, como era el caso.

—¿Otro taller? ¡No puede ser verdad!

—¡Pues no puede ser más cierto! —contestó Dwayne—. Ya hace tiempo que era un proyecto. Por lo visto entre la directiva se estima que hemos añadido demasiado tiempo de recreo en los últimos años, y que nos estamos convirtiendo en un campamento como los demás. —Se sentó en

una silla de playa—. Es más, he oído que algunos padres se han quejado, porque según dicen han pagado un montón de dinero para un campamento de estudios, cuando resulta que no hay estudios suficientes.

Todos miramos a Jack, pues dábamos por supuesto que su padre tenía que ser el que se había quejado.

—¿Qué? ¿Qué pasa? —dijo, a la defensiva.

—Dejad en paz a Jack —dijo Dwayne—. Lo que ocurre es que el mundo es así ahora: hipertenso e hipercompetitivo.

—¡Pero es una locura! —exclamé—. ¡Si ya nos pasamos en clase toda la mañana!

Katie y Nareem oyeron la discusión y vinieron a ver qué ocurría. Lo mismo hicieron otros chicos. Los únicos que no parecían enterarse de nada eran George y Patty, demasiado ocupados mirándose mutuamente.

—¿Qué ocurre? —preguntó Katie.

—El doctor Strom quiere añadir otro taller —le dije—, lo que para mí es perfecto, ¿verdad, Katie? Vaya, como secretamente me gusta tanto leer y escribir...

—¡Oh, cállate! —dijo ella.

Nareem se rascó la cabeza.

—Tengo que decir, por mucho que me gusten los talleres, que en mi opinión los estudios y el tiempo de recreo están ahora perfectamente equilibrados.

Otros chicos asintieron. Jeremy —el estornudador de mi cabaña— estornudó para mostrar su conformidad.

—Jesús —dijo Nareem.

Era el único que seguía diciendo «Jesús» cuando Jeremy estornudaba. El resto habíamos decidido que, si teníamos en cuenta la cantidad de tiempo que pasaba estornudando, Jeremy estaba a punto de cambiar de nombre.

Dwayne se encogió de hombros.

—El doctor Strom es quien dirige este campamento, así que si quiere más talleres, tendremos más talleres. O tal vez debería decir mejor que vosotros vais a tener más talleres. —Soltó una risita—. Porque yo estaré en la pista de baloncesto, trabajando mi tiro en suspensión.

—Eso no ha sido muy elegante por tu parte, Dwayne —le dije.

Pero ya estaba a medio camino de la colina.

—Ya casi es la hora de silencio, chicos —gritó desde allí—. Y luego la cena. Por lo menos el doctor Strom todavía os permite seguir comiendo, ¿verdad?

—De momento —dijo Jack, mientras volvíamos hacia nuestra cabaña—. De momento.

La cena fue silenciosa, pues esperábamos el anuncio que confirmaría nuestros temores. Todos los de la cabaña estábamos sentados juntos. George incluso se las había arreglado para separarse de Patty. En tiempos difíciles, uno quiere estar con el grupo de amigos.

Yo ni siquiera tenía demasiado apetito al llegar al postre, tal vez por primera vez en mi vida.

Finalmente llegó el momento de la verdad. El doctor Strom encendió el micrófono.

—Atención. Silencio, por favor, para los avisos. —Era una petición totalmente innecesaria, ya que el lugar se hallaba en completo silencio—. Esta tarde tenemos que hacer un anuncio importante. —El doctor Strom se aclaró la garganta—. Como muchos de ustedes sabrán, siempre hemos luchado para que el Campamento Lelibro sea la experiencia estival más satisfactoria y gratificante del planeta. Nuestra misión es preparar a los campistas para unas vidas coronadas por el éxito.

Hizo una pausa, como si esperara que le aplaudiéramos, pero no hubo aplauso ninguno. Tal vez fuera un campamento de empollones, pero estos, como todo, tenían un límite. Luego continuó:

—Resulta siempre crucial que continuemos buscando maneras de mejorar nuestros programas. No podemos tenerle miedo a los cambios. De hecho, es algo que resulta esencial si queremos sobrevivir en estos tiempos. —Volvió a carraspear—. Como resultado, hemos decidido añadir otro taller de estudios a nuestro horario. Se llamará Taller Ampliado, y en él reflexionaremos sobre la aplicación de vuestro crecimiento académico al mundo real, para que así puedan prepararse no solamente para la escuela, sino también para la escuela de la vida, en la que es tan difícil graduarse.

¿La escuela de la vida? ¡Qué expresión tan terrorífica!

Pero el doctor Strom todavía no había acabado. De hecho, se había guardado lo peor para el final.

—Este nuevo taller se realizará todas las mañanas después del desayuno —continuó diciendo—, y el nuevo horario comportará la eliminación de la piscina libre a las once.

¿Cómo? ¿CÓMO?

Se oyó una exclamación general, pero el doctor Strom siguió hablando.

—Por favor. Comprendo su preocupación, pero les ruego que no se precipiten en sus juicios. Por la tarde seguiremos teniendo deportes acuáticos. Por lo demás, el nuevo horario no tendrá efecto hasta el viernes por la mañana, de manera que disponen de algunos días para hacerse a la idea. Las asignaciones del taller se pondrán en el tablón de anuncios del comedor antes del desayuno de mañana. Por hoy esto es todo.

El doctor Strom desconectó el micrófono y prácticamente salió corriendo del comedor. Resultaba obvio que sabía lo impopular que resultaba el nuevo plan, y en esos momentos le convenía poner tierra por medio.

Si hubiera sabido la que se le venía encima, probablemente habría seguido alejándose durante unos cuantos días.

Durante la hora de lectura anterior a la cama, solía hacer cualquier cosa menos leer.

A veces miraba a la pared. A veces contaba los estornudos de Jeremy Kim (creo que el récord para una hora era de sesenta y dos). A veces hablaba con Nareem, que estaba en la cama de debajo, hasta que me decía que me callara y le dejara leer.

Pero esa noche, tras ese anuncio tan cruel y traumático del doctor Strom, Nareem no tenía ganas de hablar, la pared no tenía manchas interesantes y Jeremy estaba demasiado impactado como para estornudar.

Así que abrí el libro del tío con el gran bigote en la cubierta. Y empecé a leer.

Por favor, no se lo digáis a nadie.

Sea como sea, resultó que ese tal Lech Walesa no había sido ningún estudiante brillante y nunca había ido a la universidad. (Solamente por eso ya me caía bien.) Había sido electricista en un astillero de Polonia, supongo que para ayudar a construir barcos, hasta que un día se dio cuenta de que los jefes comunistas estaban tratando a los trabajadores realmente mal. Así que organizó a todos los trabajadores para ir a la huelga hasta que los jefes mejoraran las condiciones de trabajo. Pero eso no funcionó, así que reunió a más y más gente para que mostraran su acuerdo con los trabajadores del astillero, hasta que prácticamente todo el país estuvo de su lado. Al final toda esa gente echó a los jefes malos, que era el gobierno, e hizo a Lech Walesa presidente de Polonia.

Era una historia sorprendente, por mucho que estuviera en un libro. Cuando fue el momento de apagar las luces, ¡me di cuenta de que había leído como cincuenta páginas! Eso es mucho, incluso para una computadora humana como George. Dejé el libro a un lado, pero no podía dormir. Seguía pensando en lo que había hecho ese tipo. Se las había arreglado para convencer a un grupo de personas para ponerse de acuerdo con él, para luchar con coraje contra la injusticia, y fueron capaces de hacer algo al respecto.

De pronto me enderecé en la cama. Se me ocurrió una idea, una idea tan simple que casi no podía creerla.

Yo no era polaco, ni electricista, y no tenía un supermostacho como aquel, ni mucho menos... Pero había llegado el momento de que hiciera la mejor de las imitaciones de Lech Walesa.

Saqué mi linterna y empecé a escribir.

Al día siguiente, en la reunión del *Heraldo*, le entregué a la señorita Domerca mi artículo.

¡CAMPISTAS, UNÍOS!
por Charlie Joe Jackson

Ayer el doctor Strom anunció que iba a añadir otro taller al horario de la mañana, después de anular la piscina libre.

No creo que eso sea justo.

Todos trabajamos duro en este campamento, especialmente si nos comparamos con los amigos que se han quedado en casa y pueden ir a la playa o a las pistas deportivas o a sitios en los que se divierten. Ya leemos y escribimos mucho más de lo que sería normal para un chico, sobre todo si consideramos que es verano.

Ahora se nos dice que tenemos que trabajar incluso más. Para mí, eso no tiene sentido. Que todos los chicos de este campamento sean inteligentes no tendría que suponer una condena a pasar las veinticuatro horas al día haciendo actividades muy semejantes a las de la escuela. A nadie le gusta leer tanto.

Dicho esto, ¿qué van a hacer los campistas al respecto? Tengo una idea.

He estado leyendo el libro *Lech Walesa: El camino a la democracia*, que trata en su totalidad de cómo la gente que se une junta puede decirle a los gobernantes que están siendo injustos. Si hacen que esa unión dure, incluso pueden hacer que esos gobiernos dejen de ser injustos.

¡Por eso propongo que nosotros, como campistas, permanezcamos unidos y rechacemos hacer ese taller extra! ¡Pidamos más actividades divertidas!

En las palabras de Lech Walesa, «tenemos el derecho a decidir nuestros propios asuntos, a conformar nuestro propio futuro».

¡Estoy de acuerdo con eso! ¡Campistas, uníos!

Se supone que el nuevo taller empieza el viernes. Nos quedan dos días, compañeros campistas. Ahora o nunca.

***

La señorita Domerca se lo leyó sin decir palabra. De vez en cuando asentía, pero eso era todo.

En cuanto acabó, siguió sin decir nada durante un minuto.

Al final me miró.

—«Que se une junta» es una redundancia —dijo—. Cuando la gente se une, está junta por definición.

—De acuerdo —dije—. ¿Eso es todo? ¿Nada más?

Tras otra larga pausa, suspiró y negó con la cabeza.

—Es excelente —dijo por fin—. Mañana saldrá publicado.

Querida Hannah:

El campamento ya está casi a la mitad, lo que es muy emocionante.

Pero eso significa que está solo a la mitad, lo que es un poco agobiante.

¿Cómo está yendo el verano? Por favor, dile a Jake que le mando saludos, y luego rompe inmediatamente con él. Dile también a Zoe que me conteste.

Hasta pronto.

Charlie Joe

George Feedleman era un gran chico, pero tenía la molesta costumbre de cepillarse el pelo durante por lo menos diez minutos cada mañana. Entre nosotros: no era el chico más guapo del mundo, pero estaba realmente orgulloso de su pelo. Un poco demasiado orgulloso.

El miércoles por la mañana el trabajo de peinarse le estaba llevando más tiempo del habitual, y el resto de sus compañeros empezamos a impacientarnos.

—Tío, que estás acaparando el espejo —dije—. Ya estás guapísimo. ¡Venga, despeja!

George me ignoró.

—¡Pero vamos, hombre! —le dije.

—A ver si te aclaras, Charlie Joe —dijo George, sin dejar de contemplarse—. Fuiste tú quien me dijo que la vida era algo más que estudiar. Que tenía que salir afuera y conseguir una novia y vivir un poco... Y ahora, ¿sabes qué ocurre? Pues que estoy viviendo. —Apoyó esta afirmación alzando los pulgares—. Así que, si no te importa, prefiero vivir la vida con un pelo estupendo.

Miré a ese chico, que se había pasado la vida siendo el empollón de la clase. Y ahora de pronto actuaba como todo un hombre. Y eso solamente porque estaba saliendo con Patty Ruddy... Gracias a mí, por cierto. (¿He dicho ya que fui yo quien los hizo coincidir?)

—Bueno, pues muy bien —dije yo—. Pero lo que te digo es que si a Patty le gustas no es por el peinado.

—No, le gustas a pesar de tu peinado, que es diferente —dijo Jack, que ese día llevaba una camiseta que no era de una universidad, por una vez. Ponía: «Orquesta de Jóvenes Talentos de Northrup», lo que era casi igual de horroroso.

—¿Y qué sabes tú de peinados? —le preguntó Nareem a Jack.

—¿Y qué sabes tú de chicas? —le preguntó Jack a modo de contestación.

—Mucho más que tú —respondió Nareem.

—¿Así que eres el gran experto, ahora? —contestó Jack.

Nareem acabó la conversación pegándole con la toalla a modo de látigo a Jack.

Y Jack reinició la conversación extendiendo pasta de dientes sobre la ropa interior de Nareem.

—¡Oye!, ¿qué haces? —gritó Nareem.

Se oyó un golpe fuerte en la pared.

—¡A ver, los del parvulario! ¿Queréis parar de una vez? —gritó Dwayne.

Yo creo que era la primera vez que Dwayne gritaba a alguien que no fuera yo.

Eso hizo que me sintiera orgulloso de ellos.

Dwayne entró en la estancia principal.

—Jackson.

Dejé a un lado mi libro sobre Lech Walesa, al que por alguna razón estaba echando un vistazo antes del desayuno.

—¿Qué hay?

—Esta mañana he recibido una llamada. El doctor Strom quiere verte en su despacho después del desayuno.

—¿Para qué?

Dwayne se encogió de hombros.

—No lo sé, pero que te cite el gran hombre nunca es buena cosa.

George hizo su entrada, con su aspecto de primo empollón de Justin Bieber.

—¿Qué pasa, Charlie Joe?

—No lo sé. Strom quiere verme.

George volvió a colocar los artículos de peluquería en su baúl.

—Bueno, pues yo iré contigo. Nadie va a ver al doctor Strom solo.

Kenny Sarcofsky, que nunca decía nada a menos que la conversación versara sobre los poderes curativos del ajo, asintió y dijo:

—Yo también iré.

El resto de chicos también asintieron.

—Todos iremos —dijo Nareem.

—Seguro que sí —dijo Jack.

Negué con la cabeza.

—No hace falta. Ya me las arreglaré.

No estaba seguro de que pudiera arreglar nada, si queréis que os diga la verdad. Pero al comprobar que los chicos de la cabaña me apoyaban sentí algo nuevo. Sabía que podía contar con ellos.

¡Qué buena sensación era esa!

A la hora del desayuno me di cuenta de tres cosas enseguida.

La primera era la copia del *Heraldo de Lelibro* que había sobre los platos de cada uno de nosotros.

La segunda era que en el comedor reinaba el silencio, y eso no era nada habitual.

Y la tercera era la razón para ese silencio: todos estaban leyendo mi artículo, que estaba en la parte superior de la primera página.

George lo estaba leyendo con la boca abierta. Cuando lo acabó dijo una sola palabra:

—Hala.

—¿Hala, qué? —le pregunté.

—Hala, es impresionante.

—Gracias.

Asintió con la cabeza.

—Eres valiente, Charlie Joe, eso hay que decirlo.

Le estaba respondiendo cuando sentí una palmada en el hombro. Miré hacia arriba y allí estaba Dwayne sonriéndome y con un ejemplar del diario en la mano.

—De campeonato.

Fue todo lo que dijo, y luego se fue.

Era solo el primero. Durante todo el desayuno, tanto chicos como monitores se fueron acercando a mí en una corriente continua, para decirme una o dos cosas: que era impresionante o que estaba loco. A veces, ambas cosas a la vez.

Katie fue una de las últimas en venir a hablar conmigo.

—Me ha gustado mucho tu artículo —me dijo—. Gracias.

—Hasta luego.

—Hasta luego.

La observé mientras volvía a su mesa, y la seguí mirando cuando le dijo algo a Nareem. Entonces él se echó a reír, ella sonrió y él le pasó el brazo por encima del hombro.

Como hacen las parejas de verdad.

—¡Atención!

Los pantalones cortos del doctor Strom parecían todavía más cortos que de costumbre cuando subió al podio.

—Hoy, después de la comida, tendremos una reunión para ayudar a preparar los materiales de estudio para nuestra Salida de Aventura de la semana que viene a Old Bridgetown y a la Escuelita Amarilla. Los interesados podrán reunirse en la cabaña de talleres número 3, con el doctor Kretzler como supervisor.

Se oyeron murmullos excitados. Algo había oído sobre esa salida. Se suponía que iba a ser lo más importante durante el último fin de semana del campamento. Todo el mundo hablaba de eso como si fuera algo fantástico, pero la verdad es que yo no acababa de entender cómo podía ser fantástico viajar a una escuela, por pequeñita que fuera. Más bien parecía todo lo contrario.

—Por otra parte —siguió diciendo el doctor Strom—, seguimos pendientes de la que será nuestra primera mañana de Taller Ampliado, para el que, como recordarán, faltan dos días.

Se hizo el silencio en la estancia. El doctor Strom envolvió toda la sala con su mirada, y luego la fijó en mí.

—Se trata de algo que llevamos planificando desde hace mucho tiempo, y no tengo ninguna duda de que nuestro nuevo horario se convertirá en la última de una larga lista de mejoras que han contribuido a hacer del Campamento Lelibro el más destacado de los campamentos de estudio de Estados Unidos.

Se detuvo. Todos los chicos se volvieron y me miraron, como si esperaran que fuera a levantarme y a dirigir una protesta, pero no podía hacerlo. Una cosa es escribir un artículo. Otra cosa es oponerse al director del campamento en persona.

Para hacer algo así uno tiene que ser Lech Walesa.

La oficina del doctor Strom estaba en el piso superior del comedor. Al subir las escaleras detrás de él me sentía nervioso, pero intenté ver todo aquel asunto desde el lado positivo: me estaba perdiendo el primer taller.

Cuando por fin llegamos al despacho, me sorprendió ver que allí, sentada, nos aguardaba la señorita Domerca.

—Siéntese —me dijo el doctor Strom señalando en dirección a una silla.

Me senté.

Él también se sentó. Luego se inclinó hacia atrás y estuvo dándole vueltas al bolígrafo durante cosa de un minuto. Finalmente se incorporó y me miró.

—Me gustan los estudiantes como usted, señor Jackson —dijo—. De verdad que me gustan. Admiro su intelectualidad, y toda esa curiosidad, y el pensamiento independiente que demuestran. Es un primer paso hacia una vida satisfactoria. —Se detuvo, y yo esperé. Seguro que no me había convocado allí para felicitarme por mi «intelectualidad», fuera lo que fuera eso—. El problema, de todos modos, es otro —continuó diciendo—. Este campamento se rige por un consejo directivo en el que se combinan más de trescientos años de experiencia continuada en la educación. Los padres de ustedes nos pagan para tomar decisiones meditadas y profundas que beneficien el bienestar de los chicos y chicas. Ustedes tienen que otorgarme su confianza a este respecto. La decisión de crear un taller extraordinario no ha sido ningún capricho, y a mí me gustaría contar con su apoyo.

Yo no quería mirar al doctor Strom, de manera que miré por encima de su cabeza y hacia la pared, en donde se alineaban seis mil diplomas de seis mil universidades en seis mil marcos diferentes.

—¿A qué se refiere con eso del «apoyo?» —pregunté.

—Bueno —dijo el doctor Strom—, sería fantástico si para la edición del viernes de nuestro periódico escribiera un artículo en el que explicara el deseo de darle una oportunidad al Taller Ampliado antes de emitir una opinión sobre él.

Miré a la señorita Domerca.

—¿Usted también piensa que eso es lo que tengo que hacer?

—La señorita Domerca y yo hemos hablado de todo eso —dijo el doctor Strom antes de que ella pudiera responderme.

La señorita Domerca tenía la mirada clavada en el suelo, y de pronto me sentí mal por ella. Me imaginaba que se había metido en problemas por ir a por las pizzas en el partido de baloncesto, y estaba seguro de que al doctor Strom no le había gustado que publicara mi columna. Realmente ella no estaba en posición de discutir con él sobre nada.

Inspiré profundamente y volví a mirar a la señorita Domerca. Ella asintió, con cierta tristeza.

—De acuerdo —le dije al doctor Strom.

Inmediatamente, este se puso en pie para estrecharme la mano.

—Esto sí que son buenas noticias, señor Jackson. De verdad que aprecio su flexibilidad en este asunto. Eso es fantástico. Bueno, y ahora, si se da un poco de prisa, todavía llegará a tiempo de hacer parte del primer taller.

Nos dirigíamos a la puerta cuando nos dimos cuenta de que la señorita Domerca seguía allí sentada.

—¿Vienes? —le preguntó el doctor Strom.

Ella permaneció sin moverse un momento, y luego, lentamente, negó con la cabeza.

—En realidad, no. En todo esto hay algo que no me encaja.

El doctor Strom la miró.

—Perdona, ¿cómo dices?

La señorita Domerca se levantó y miró hacia la misma pared que había mirado yo, con todos aquellos diplomas y títulos enmarcados.

—Eres un hombre brillante, Malcolm —dijo—. Seguro que entiendes muy bien hasta qué punto es importante apoyar la libertad de expresión en nuestros estudiantes. Y lo peligroso que sería intentar censurarlos en este período de sus vidas tan impresionable.

—Ese no es el tema —dijo el doctor Strom.

—Pues yo creo que ese es el tema importante —dijo la señorita Domerca—. Y me avergüenzo de mí misma por haber estado a punto de ceder en esto. Charlie Joe, tú escribes lo que quieres. Y, francamente, creo que con tu artículo acertaste en el blanco. En mi opinión no necesitamos ese taller extraordinario. —Se volvió para mirar al doctor Strom—. Creo que los chicos en este campamento —chicos como Jared Bumpers, que intenta imitar la brillantez de su hermano, y como Jack Strong, que se ha pasado la secundaria amoldándose para ser el perfecto candidato a la universidad— podrían disfrutar de un poco más de natación y de chapoteo y de carreras y de saltos... Creo de verdad que convendría un poco más de alegría en general. —Avanzó hacia la puerta—. Y ahora, si me lo permiten, caballeros, llego tarde. Charlie Joe, nos veremos en el tercer taller.

Y se fue.

El doctor Strom volvió a sentarse en su silla, con la mirada perdida.

—Bien, yo... Voy a marcharme —dije.

Y salí y lo dejé allí sentado con una expresión muy preocupada.

El doctor Strom tal vez tuviera seis mil diplomas, pero yo estaba casi convencido de que acababa de aprender algo.

Querido Charlie Joe:

¡Gracias por escribir! Espero que te lo estés pasando bien. Ya sé que eso no es exactamente un campamento divertido, y lo siento por ti. Pero tal vez cuando recibas esta carta las cosas habrán mejorado un poco. De no ser así, de todos modos ya casi te habrá llegado el momento de volver a casa. Todo el mundo estará muy contento de verte, ¡y sobre todo yo!

Jake y yo estuvimos hablando sobre la posibilidad de hacer una fiesta de bienvenida para ti y para Katie y Nareem. ¿Crees que algo así sería divertido? Hablando de Katie y Nareem, tengo una carta de ella en la que dice que está saliendo con Nareem. ¿Es eso cierto? ¡Qué interesante! Estarás emocionado por ellos, ¿no?

¡Tengo muchas ganas de verte!

Besos

Hannah

Al día siguiente llegué a La Tabla de Materias un poco pronto. Solamente me encontré con Laura, que ya estaba trabajando con su ordenador.

—¡Hola, Laura! —dije—. ¿Dónde está Jared?

Ella sonrió con timidez.

—Estará aquí dentro de un minuto, seguro. Hoy tenemos que entregar nuestro artículo.

Eso era típico. Tras observarlos a ambos durante unos días podía resumir el comportamiento de aquella pareja: Laura era quien hacía todo el trabajo, y Jared quien se llevaba todos los méritos.

—Muy bien —le dije yo mientras me sentaba a su lado.

Laura levantó la vista del ordenador.

—Tu artículo de ayer me pareció muy bueno —dijo—. Muy valiente.

—¡Vaya, gracias!

—De nada.

Tras unos segundos de silencio, le pregunté:

—Entonces, ¿Jared te gusta? Quiero decir, ¿de verdad te gusta?

Una sonrisa tímida más.

—Pues no sé, es simpático, me parece...

Entonces me miró, como si esperara que le dijera que en mi opinión era un perdedor, pero yo no podía hacer una cosa así. Tal vez fuera excitante y nuevo para ella gustarle a un chico, especialmente si era uno mayor... ¿Y quién era yo para estropearlo todo?

—Estupendo —dije por fin—. Te resultará muy emocionante, ¿verdad?

—Bueno, sí. —Y luego, como si intentara convencerse a ella misma, añadió—: Es muy simpático una vez que lo conoces de verdad.

—Fantástico —dije, intentando parecer sincero.

La puerta se abrió de pronto.

—Hablando del rey de Roma... —dijo Laura al tiempo que Jared, Jack y un grupo de chicos entraban en la sala.

—Laura y yo hemos estado trabajando nuestro artículo y realmente nos va a quedar muy bien —anunció Jared, sin dirigirse a nadie en particular—. Cariño, ¿qué tal va eso?

El resto nos miramos, impactados.

¿«Cariño»?

Laura le entregó los papeles con el artículo en el que había estado trabajando a Jared, y él carraspeó.

—Como muchos sabéis, estamos haciendo un artículo sobre la comida del campamento. Hasta ahora hemos entrevistado al jefe de cocina y a dos de sus ayudantes, y los resultados han sido fascinantes.

Estaba intentando encontrar alguna manera de evitar escuchar el resto de ese informe cuando la puerta de la cantina volvió a abrirse. Me volví pensando que sería la señorita Domerca, pero en lugar de ella quien entró fue el doctor Singer. El tal Singer era un hombre bastante mayor que había sido el director del campamento antes que el doctor Strom, y seguía disponiendo de un despacho en las instalaciones. Por lo que había visto, básicamente se dedicaba a pasear por ahí y a comprobar qué leían o qué escribían los campistas concentrados en sus trabajos. Había quien lo llamaba «el soplador», porque oír esos ruidos cuando venía por detrás y asomaba la nariz por encima del hombro distraía bastante. Lo mismo ocurría con su aliento, que siempre olía a jarabe para la tos. Pero parecía un buen hombre, así que a todos nos pareció la mar de bien verlo por allí. Especialmente en mi caso, porque su llegada implicaba el fin de las explicaciones de Jared sobre la comida en el campamento.

—Hola, doctor Singer —le dije—. Si está buscando a la señorita Domerca, todavía no ha llegado.

—Lo cual es extraño —dijo Jack—, porque siempre es puntual.

El doctor Singer se sentó y suspiró, con lo que el olor a jarabe para la tos se extendió por la estancia.

—Bueno, por eso mismo estoy aquí, muchachos. —Siempre nos llamaba «muchachos»—. Desgraciadamente, la señorita Domerca no ejercerá más como supervisora de la edición del diario del campamento. Durante lo que queda de la temporada voy a ser yo quien asuma ese cargo.

Nos miramos unos a otros. Nadie sabía qué decir. O, por

expresarlo con mayor precisión, todos esperaban que fuera yo quien lo dijera.

Me levanté.

—¿Ha sido por culpa de mi artículo de ayer, y de nuestra reunión con el doctor Strom?

El doctor Singer negó con la cabeza.

—Tiene otras responsabilidades que atender, lo que hace que no esté disponible para esta actividad. Me temo que esto es todo lo que sé, muchachos. —Inclinó la cabeza hacia Jared—. Creo que estabas leyendo algo de tu artículo cuando he entrado. ¿Podrías continuar?

—Claro —dijo Jared—. Como iba diciendo, hemos entrevistado a los tres cocineros...

—Espera un momento —le interrumpió Jack. En su voz se notaba cierta agitación—. La señorita Domerca nunca abandonaría así el periódico del campamento. Le gusta trabajar en esto, y le gusta hacerlo con nosotros. Lo que está ocurriendo no tiene ningún sentido.

—Es verdad —coincidió Laura.

Todos los demás asintieron. Jared era el único al que nada parecía preocuparle mientras su artículo sobre la comida apareciera en el periódico del día siguiente.

—Entiendo cómo os sentís, muchachos —dijo el doctor Singer—. Es una profesora maravillosa, y es una pena perderla. Pero como saben todos los periodistas, el periódico es lo primero. Así que concentrémonos en hacer posible que salga la edición de mañana.

—El doctor Singer tiene razón —dije de pronto—. Vamos a preparar el periódico de mañana. Sé que yo debo un artículo, y Jared y Laura tienen el de las comidas, y Jack el suyo sobre el estrés. Vamos a acabar este número. Tenemos algunas cosas importantes que decir, y el campamento cuenta con nosotros. A la señorita Domerca no le gustaría que actuáramos de otro modo.

Laura y yo nos miramos, y los dos asentimos. Todo el mundo parecía entender lo que yo intentaba decir: la mejor manera de luchar por la señorita Domerca estaba en el mismo periódico.

El doctor Singer juntó las manos.

—¡Esto es lo que quería oír, muchachos! Estaré ahí fuera, por si alguien me necesita o tiene alguna pregunta que hacerme.

Se sacó un libro de la mochila, salió al porche y se sentó en la mecedora, en donde pronto se quedó dormido.

Los que seguíamos sentados a la mesa nos miramos.

—Manos a la obra —dije yo.

Ese día, más tarde, tras la intensa reunión del *Heraldo*, tenía realmente muchas ganas de ir un rato a la cancha de baloncesto. Pero Dwayne decía que la pista todavía estaba algo mojada por las lluvias de la noche, así que no podíamos jugar.

—¡Ostras, tío! —le supliqué—. ¡Déjanos jugar!

Dwayne me contestó que no lo llamara «tío». Y luego me preguntó si no quería que hiciera un mate conmigo. Le dije que no.

—¡No te preocupes, hombre! —me dijo—. Tengo planeado un juego todavía mejor.

Oh-oh. Dwayne tenía un talento especial para los entrenamientos más agotadores que el ser humano podía inventar.

—¿Qué tipo de juego? —preguntó Nareem.

—Será algo impresionante —dijo Dwayne, lo que quería decir que iba a ser lo contrario de impresionante—. Chicos, quiero que cada uno de vosotros tome un balón y vaya haciendo regates hasta las pistas de tenis y luego vuelva.

Soltamos un gemido. Las pistas de tenis estaban en el otro extremo del campamento.

—Y como este es un campo de aprendizaje —continuó diciendo Dwayne entre guiños—, quiero que contéis cuántos botes dais al balón hasta que lleguéis allí. Eso siempre que podáis contar tan alto, claro está.

Los gemidos se hicieron más intensos.

—¡No puedes estar hablando en serio! —se quejó Jack, que ese día llevaba una desafortunada camiseta en la que ponía «Ser listo está de moda» (lo que en realidad probaba que no lo estaba).

—Este es un campo de lectura y escritura —se quejó Nareem—, no de matemáticas.

—Da lo mismo —dijo Dwayne. Luego me miró y se echó a reír—. Y chicos, si creéis que es injusto, siempre podéis acudir a Charlie Joe para que os escriba un artículo sobre el asunto.

—Ja, ja —contesté.

Empezábamos el trayecto cuando Nareem se me puso al lado.

—Charlie Joe, gracias de nuevo por tus consejos sobre

Katie. Supongo que sabrás que ahora es oficial que estamos saliendo, y eso es genial.

—No, no lo sabía, pero me alegro —contesté—. Veintidós... veintitrés... veinticuatro...

Pero Nareem todavía no había acabado.

—Como podrás imaginar, estaría más satisfecho si pudierais recuperar vuestra amistad en condiciones normales.

Seguí contando.

Jared había estado escuchando lo que no le importaba, como siempre.

—¿Sigues estando enfadado con Katie por haberte llamado empollón en secreto? —preguntó, acercándoseme demasiado—. No sé por qué no lo admites, Jackson. Tiene toda la razón. En el fondo estás intentando convertirte en uno como nosotros. Ahora incluso escribes para el periódico del campamento, lo que forma parte del manual básico de los empollones. Acéptalo de una vez.

—Yo no leo manuales —contesté—. Ni manuales ni ningún otro tipo de libros, ahora que lo dices.

—Pero ahora sí que lees —dijo Jared.

—Deja en paz a Charlie Joe —dijo George con un punto de irritación, pues tanto comentario le estaba dificultando la concentración para evitar dar con el balón en los pies.

Setecientos cuarenta y ocho botes más tarde llegamos a las pistas de tenis, en donde se había congregado una multitud.

—¡Claro, hoy es el torneo del campamento! —exclamó George—. ¡La final de las chicas!

Tenía razón. De pronto comprendí que Dwayne nos concedía un descanso al enviarnos allí para que presenciáramos el partido de tenis. (Las cosas con Dwayne van así: si dejabas a un lado esa vertiente de «voy a hacerte sacar los higadillos por la boca», era realmente un buen tipo.)

Cuando estuvimos más cerca, pudimos comprobar quién estaba jugando: Katie Friedman y Patty Ruddy. O dicho de otra manera: la novia de Nareem y la novia de George.

Si tengo que deciros la verdad, no me atraía demasiado la perspectiva de ver a Katie. No estábamos peleados ni nada de eso, pero Nareem tenía razón: las cosas no marchaban entre nosotros. Cuando coincidíamos no estábamos relajados, y era una situación rara.

Y si digo que era rara es porque nunca antes en nuestras vidas había pasado algo parecido.

El partido siguió adelante, con muchas alternativas. Tanto Katie como Patty eran jugadoras de buen nivel, para ser ratones de biblioteca. Intentaba no prestar demasiada atención, pero era un partido muy reñido, y estaba en un punto muy emocionante. Al final ganó Katie. La gente las aplaudió y vitoreó cuando las dos se abrazaron. Luego salieron de la pista.

En cuanto vieron a George y Nareem vinieron corriendo. Los cuatro se dijeron «¡Hola!» justo en el mismo momento.

—¿Qué estáis haciendo aquí, chicos? —preguntó Katie.

—Sí, ¿no teníais baloncesto? —añadió Patty.

—Dwayne nos ha dejado venir a veros —dijo George—.

Oye, y por cierto, no sabíamos que fuerais tan buenas jugadoras.

—Sí, muy buenas —coincidió en decir Nareem.

—Bueno, eso es algo exagerado, pero gracias —dijo Patty.

—Sí, gracias —dijo Katie.

—De nada, de nada —dijo George.

Luego todos empezaron a mirarse con una sonrisa.

—Odio tener que interrumpir esta conversación tan increíblemente interesante —dije—, pero tendríamos que volver.

Katie me miró.

—Charlie Joe, ¿qué te ocurre, exactamente?

Me encogí de hombros.

—¿Por qué lo dices?

Los ojos le brillaban por la rabia que sentía.

—Eres capaz de hacer las cosas más interesantes, como el artículo de ayer, algo realmente valiente... ¡Y, sin embargo, también eres capaz de ser el mayor de los estúpidos!

—¿Por qué me estás llamando estúpido?

Katie parecía sorprendida por aquella pregunta, pues para ella la respuesta era obvia.

—Bueno, voy a decírtelo: con el partido de baloncesto contra el Campamento Pocacosa, resulta que todo el mundo va a veros y a animaros, y todo es estupendo. En cambio, ahora que jugamos las finales del torneo de tenis, vas y te comportas como si en realidad prefirieras estar en cualquier otro lado.

—Eso no es cierto —dije, aunque sabía muy bien que sí lo era.

Katie negó con la cabeza. La expresión de su rostro era muy triste.

—Eres un antipático conmigo, y no existe ninguna razón para que actúes así.

—Tú estuviste antipática antes conmigo.

—Eso no es verdad.

Nareem alzó los brazos.

—¿Queréis hacer el favor de parar de discutir ahora mismo? —pidió.

Katie y yo nos callamos enseguida.

Nareem nos miraba.

—Vosotros dos habéis sido amigos íntimos toda la vida —dijo—, y ahora estáis actuando como niños de parvulario por los motivos más tontos del mundo.

—Que te llamen empollón no es ninguna tontería —insistí—. Eso es una cuestión de vida o muerte.

—¡Yo nunca te he llamado empollón! —gritó Katie—. Dije que eras una persona lista que quería aprender. ¿Es eso tan terrible?

Reflexioné por un momento.

—Sí, porque me estás llamando falso.

La expresión de Katie cambió, como si la hubieran abofeteado.

—¡Nunca te llamaría falso! —dijo por fin.

Nareem volvió a intervenir.

—Piénsalo bien, Charlie Joe.

«En Katie tienes una fan. Cree que eres divertido e inteligente, y que además eres su mejor amigo. ¿Cómo iba a llamarte falso?»

No tenía respuesta para esa pregunta.

George también intentó una aproximación.

—Creo que lo que Katie está diciendo en realidad es que tal vez te estás dando cuenta de que la vida consiste en algo más que en intentar evitar leer libros. Hay montones de cosas y de personas interesantes en el mundo sobre las que merece la pena aprender y leer. ¿No crees que puede ser eso?

Pensé en esa posibilidad durante un segundo.

—No, la verdad es que no —contesté al fin.

Katie suspiró.

—Eres increíble. ¿Vas a crecer algún día?

Sonreí.

—Espero que no. Escuchadme, siento aguaros la fiesta, pero tenemos que volver, o Dwayne nos va a hacer pasar el resto del campamento botando el balón marcha atrás.

—Sí, eso no sería demasiado divertido —dijo Jack.

Todos enfilamos el camino de vuelta, excepto George y Nareem, que se rezagaron. George abrazó a Patty y Nareem abrazó a Katie. Y luego siguieron abrazándose.

—¡Vamos, chicos! —les dije—. Hablo muy en serio.

Cuando George y Nareem se soltaron por fin, Katie me miró con los brazos en jarras.

—¿Qué pasa? —le dije—. Podéis estaros abrazando hasta Navidad, si queréis. A mí me da lo mismo. El que va a enfadarse es Dwayne, no yo.

Katie puso los ojos en blanco, igual que cuando tenía seis años y yo le dije que los libros la matarían. Esos ojos en blanco siempre me hacían reír. La miré, y por una fracción de segundo quise decirle que pensaba que era la persona más divertida y simpática del mundo.

En lugar de eso, solo dije:

—Felicidades por tu victoria.

Y me fui.

Esa noche, después de que apagaran las luces, no tenía sueño y no podía dejar de pensar en Katie, y en que me había llamado antipático.

Así que le tomé prestada la linterna a Sam y leí algo más de la biografía de Lech Walesa.

Era solamente porque todos los demás estaban dormidos y yo no tenía más remedio que leer.

Lo juro.

El viernes por la mañana, cuando la gente entró a desayunar, vieron un ejemplar del *Heraldo* en cada plato, lo que era normal.

Pero también vieron que sobre cada ejemplar había una nota que no era nada normal.

De la redacción del
Heraldo de Lelibro:

Tenemos el deber de comunicaros que esta será la última edición del *Heraldo de Lelibro* en este verano. Ambas ediciones de la semana que viene, incluida la especial de la Salida de Aventura, han sido canceladas.

No podemos quedarnos sin hacer nada después de que nuestra supervisora, la señorita Domerca, fuese relevada de sus funciones por defender el derecho de uno de nuestros redactores, Charlie Joe Jackson, a expresar su opinión.

Por lo tanto, todos dimitimos de nuestras responsabilidades en el diario.

Esperamos que disfrutéis con esta última edición, que incluye el muy esperado análisis de los hábitos alimenticios de los campistas y su influencia en la productividad académica —escrito por Jared Bumpers y Laura Rubin— así como un artículo sobre chicos y estrés, escrito por Jack Strong.

Saludos cordiales,
La redacción del *Heraldo de Lelibro*

Habíamos llegado a la idea de la nota de la redacción el jueves por la tarde, mientras el doctor Singer estaba roncando en la mecedora. Laura la había escrito en su mayor parte. Jared hizo que pusiéramos eso de «muy esperado». Era un precio muy pequeño que pagar para conseguir un voto unánime.

Cuando el doctor Singer despertó, le enseñamos el contenido del último número, pero sin nuestra adición secreta, claro está, mientras una chica llamada Becky Esposito se dedicaba a hacer copias de la nota en el cuarto trasero. El doctor Singer no tenía ni idea de lo que tramábamos, pobre hombre.

Luego, justo antes del desayuno, Jack y yo pusimos la nota y los boletines en cada plato. El doctor Strom no fue consciente de lo que habíamos hecho hasta que se sentó a su propia mesa, treinta segundos antes de que los campistas entraran.

Para entonces ya era demasiado tarde.

Lo contemplé mientras leía la nota. La parte superior de la calva se le puso roja, y torció el cuello en todas direcciones... Buscándome, probablemente. No me encontró, pero sí encontró al doctor Singer, que estaba leyendo la nota en su propia mesa. Los dos se miraron y se apresuraron a salir del comedor, tal vez para decidir qué iban a hacer.

Fue entonces cuando hice mi movimiento.

Fui hacia la parte delantera del comedor y me hice con el micrófono. Estaba más nervioso que nunca en toda mi vida. Pero entonces pensé en la señorita Domerca, y en lo injustamente que la habían tratado. Inspiré profundamente y empecé a hablar.

—¡Atención, por favor! ¡Atención!

La sala quedó en completo silencio.

—Sí, bueno, ya sé que no soy el doctor Strom —continué diciendo—. Y ya sé que lo que estamos haciendo ahora es empezar a desayunar, y no acabar. Pero tengo un importante anuncio para vosotros.

Vi que el doctor Strom y el doctor Singer volvían al comedor. Calculé que tendría unos catorce segundos.

—Hoy se supone que es el primer día del taller extra, pero yo digo que no tendría que serlo. Cualquiera que desee saltárselo e ir a nadar, nos encontraremos junto al lago después de desayunar.

Los dos doctores estaban a unos seis segundos. Levanté el puño.

—Como Lech Walesa dijo en una ocasión: «Nuestra firme convicción es que la nuestra es una causa justa. Mantendremos la cabeza alta, a pesar del precio que vamos a pagar.»

El doctor Singer me quitó el micrófono de la mano. El

¡LA LIBERTAD NO TIENE PRECIO!

doctor Strom me agarró por el brazo y me sacó de la sala.

—¡La libertad no tiene precio! —grité, dirigiéndome a todos los campistas.

Oí que se iniciaba un aplauso tan pronto como la puerta se cerraba tras de mí. Creo que Lech se habría sentido orgulloso.

Cuando nos dirigíamos al despacho, el doctor Strom me dijo que iba a llamar a mis padres.

—Tengo que advertirle de que esto puede llevarnos a enviarle de vuelta a casa —dijo.

Me vino a la cabeza una súbita imagen de una playa. Desgraciadamente, enseguida se vio sustituida por mi propia imagen: castigado durante el resto del verano.

—Yo no quiero irme.

—Pues ya veremos.

El doctor Strom marcó el número de mi casa y esperó mientras yo rezaba para que quien contestara fuera mi madre y no mi padre. Era la mañana de un día laborable, de modo que tenía muchas posibilidades de que así fuera, por mucho que mi padre se tomara libres algunos viernes en verano.

Tras unos cuantos tonos, alguien descolgó.

—¿Señora Jackson? —preguntó el doctor Strom.

¡Mis oraciones habían sido atendidas!

—Siento mucho tener que llamarla de este modo, pero tenemos un pequeño problema —le dijo el doctor Strom—. Charlie Joe ha insistido en romper unas cuantas reglas de este campamento en las dos primeras semanas. La semana pasada encargó pizza para repartirla en el descanso de un partido de baloncesto, y ahora pide a los chicos que se salten uno de nuestros talleres y se vayan a nadar. —Se calló por un momento, sin duda porque escuchaba a mi madre decirle lo muy avergonzada que se sentía—. Bueno, no, no, todavía no estoy seguro, pero creo que será mejor que ustedes dos hablen sobre el asunto primero. Le pongo con él.

El doctor Strom me pasó el teléfono. Lo miré como si fuera un artefacto desconocido, pero al final lo tomé.

—Hola, mamá.

Ella empezó enseguida.

—¡Es increíble, Charlie Joe! ¿No puedes ni aguantar tres semanas en un campamento sin organizar un escándalo mayúsculo?

Estaba enfadada y frustrada. Y gritaba. Pero eso era lo extraño: aun así, me alegraba de oír su voz.

—Lo siento, mamá, pero tampoco he hecho nada tan malo. La semana pasada ganamos al campamento de Teddy Spivero en un partido de baloncesto, y esta semana solamente he estado reivindicando mi libertad de expresión.

Mi madre se quedó en silencio, sorprendida.

—¿Libertad de expresión? —gritó por fin—. ¿Y qué sabes tú de la libertad de expresión?

—Lech Walesa, ese chico polaco del libro... Todo va sobre la libertad de expresión. Y a la señorita Domerca, la profesora, la han echado del diario del campamento porque me defendió.

Mi madre suspiró.

—Deja que el doctor Strom se ponga otra vez al teléfono.

Le pasé el auricular al doctor Strom.

—Quiere hablar con usted.

Él tomó el auricular y escuchó. Tras un segundo dijo:

—No, no parece que quiera marcharse. —Otra pausa—. Sí, lo sé. Yo también estoy sorprendido. —Y otra pausa (mamá debía de tener muchas cosas que decir)—. No puedo decirle que haya tenido ninguno —dijo el doctor Strom para contestar alguna pregunta del tipo «¿Ha tenido usted en toda la historia del campamento a algún chico que fuera una auténtica pesadilla como este?»—. El consejo directivo se reunirá esta tarde y tomará una decisión final —dijo a mi madre el doctor Strom—. Pero le puedo decir que con este tipo de comportamiento el margen de maniobra que nos queda es muy escaso.

Me miraba como si no pudiera esperar el momento de librarse de mí, y yo empecé a pensar en lo que iba a hacer durante el resto del verano si me castigaban a quedarme encerrado en mi habitación.

Entonces se oyó que alguien llamaba a la puerta. El doctor Strom tapó el auricular con la mano.

—¿Quién es?

—Soy Marge.

Marge Shockey era la directora de los deportes acuáticos. Era alta y cubierta de pecas, y tenía la piel siempre con ese aspecto arrugado de alguien que ha estado en remojo durante siete horas.

—¿Qué ocurre, Marge? —preguntó el doctor Strom.

La señora Shockey entró. Parecía algo nerviosa. No creo que hubiera pasado demasiado tiempo en el despacho del doctor Strom. De hecho, probablemente yo ya había pasado allí más tiempo que ella en toda su vida.

—Lamento interrumpir, pero creía que tenía que saber que algo está sucediendo allá abajo en el lago.

—¡Maldita sea! —dijo el doctor Strom, con lo que rompía su norma superestricta de no utilizar esa clase de expresiones. Volvió al teléfono—. Señora Jackson, tendremos que volver a llamarla en un momento. —Se volvió a la señora Shockey—. ¿Qué estás diciendo?

—Pues que no paran de aparecer chicos y chicas, y todos preguntan si se pueden dar un baño.

La parte superior de la calva del doctor Strom se puso más roja que un tomate.

—¿De qué chicos se trata, exactamente?

La señora Shockey tragó saliva antes de poder soltarlo con un graznido.

—Bueno —dijo ella—, pues prácticamente de todos los del campamento.

El doctor Strom, la señora Shockey y yo corrimos hacia el lago, y efectivamente había un montón de chicos y chicas alrededor del muelle en traje de baño, riendo y haciendo el ganso. En realidad, y definitivamente, no parecían tener ninguna intención de asistir al taller extraordinario. (La señorita Domerca también estaba allí, hablando con los chicos del *Heraldo*. Llevaba un bañador morado, rosa y naranja con símbolos de la paz y flores por todas partes que realmente le favorecía muchísimo.)

No me podía creer que realmente todos hubieran acudido. Era como lo que había dicho Lech Walesa. «Tenemos derecho a decidir nuestros propios asuntos y a conformar nuestro propio futuro... y el que ponga la mano para detener la rueda de la historia se va a pillar los dedos.»

Dwayne llegó junto al doctor Strom.

—No he podido detenerlos, jefe. Al principio eran pocos chicos, y les he dicho que volvieran por donde habían venido. Pero luego han empezado a llegar más y más, y ya no ha habido nada que hacer.

—Gracias, Dwayne —dijo el doctor Strom—. A partir de ahora, de este asunto me encargo yo.

El doctor Strom levantó las manos, y todos callaron. Los campistas solamente eran revolucionarios hasta cierto punto, supongo.

—¿Puedo preguntarles por qué están todos ustedes aquí en el lago —dijo el doctor Strom— y no en la primera sesión del Taller Ampliado?

Nadie se movió. Unos cuantos me miraban, pensando que iba a decir algo, pero acababa de salir del despacho del doctor Strom y acababa de hablar con mi madre enfadadísima, así que mi estado de ánimo me impedía pronunciar palabra.

—Si nadie tiene nada que decir —continuó diciendo el doctor Strom—, me gustaría que todos volvieran a sus cabañas a cambiarse y que se presenten a sus talleres. Ya es hora de acabar con esta situación absurda. Llevamos acumulados más de veinte minutos de retraso.

La gente empezó a moverse arrastrando los pies, sin saber muy bien qué hacer. Luego, poco a poco, cada vez eran más los que se alejaban del agua. Miré a mi alrededor, pensando que tal vez con eso se daba el asunto por concluido. La revolución más corta de la que se tenía constancia. Diez minutos.

Quería gritar: «¡Alto! Aquí nadie retrocede ni un paso. ¡Venga, todos a nadar! No le hagáis ni caso.» Ahora que lo pienso, habría rimado y todo. Pero no pude articular palabra. Por lo visto no era tan valiente como Lech Walesa. Tal vez fuera porque me faltaba el mostacho.

Entonces se oyó una voz:

—Me gustaría decir algo.

Era Katie.

Todo el mundo se paró cuando ella se alzó frente al muelle. No llevaba ningún bañador, por cierto. Solamente unos *shorts* y un top. Katie nunca había destacado como nadadora.

—Doctor Strom —empezó a decir—. En mi opinión este campamento es fantástico y usted es su increíble director. Me gusta estar aquí, y me muero de ganas de volver el año que viene, y tal vez al final me convierta en monitora.

Él la miró y esbozó una sonrisa.

—Gracias, señorita Friedman.

—Pero —añadió— creo que en esta ocasión no está siendo justo.

El doctor Strom dejó de sonreír.

—A su manera completamente inapropiada, Charlie Joe está defendiendo una gran verdad —continuó diciendo Katie—. Aquí todos trabajamos duro. Pero en este campamento no todo puede ser trabajo. También tiene que haber juego. Creo que si es tan fantástico es por el equilibrio justo entre trabajo y diversión.

—Tiene razón —dijo Jack, mirando nervioso a la arena—. Y a nosotros ya nos gusta así. Aquí uno trabaja a gusto.

No podía creerlo. ¡El chico más formal de todo el campamento se estaba significando! Con tal de que su padre no se enterara nunca de lo que acababa de decir...

Por entre los grupos de chicos y chicas se alzaron murmullos que expresaban su acuerdo con los compañeros que habían hablado. Después de todo, la revolución tal vez no había acabado.

—Pero el doctor Strom también tiene razón —añadió Katie, mirándome— cuando dice que estamos aquí porque nos gusta aprender. Y deberíamos sacarle partido a esta oportunidad, ya que estamos aquí solamente durante tres semanas.

—Eso también es cierto —dijo alguien.

Al cabo de un momento, todos hablaban en pequeños corros sobre los pros y los contras del Taller Ampliado.

El doctor Strom no estaba seguro de qué tenía que hacer. Estaba acostumbrado a ser un dictador. Pero no le iba a resultar posible discutir con Katie, a la que todo el mundo respetaba, y que acababa de decirle lo fantástico que era el campamento. Finalmente dijo:

—Así, señorita Friedman, ¿usted qué sugiere?

—Bueno —dijo ella—, pues resulta que hemos estado dándole vueltas al asunto entre unos cuantos, y tenemos una idea.

Inclinó la cabeza hacia Nareem, que antes de hablar se aclaró la garganta:

—¿Qué tal si hoy lo dedicamos a las actividades acuáticas libres? —sugirió—. Y luego, la semana que viene, tanto lunes como miércoles y viernes hacemos taller extraordinario, y el martes y jueves los dejamos para las actividades acuáticas.

El doctor Strom dudaba y miraba a su alrededor, como si buscara una orientación que nunca llegaba.

—Tengo que hablarlo con el consejo directivo.

Entonces intervino George. Parecía asustado, pero también transmitía mucha determinación.

—Con el debido respeto, señor, no queremos esperar la decisión del consejo. Nosotros, los campistas, creemos que es un compromiso justo. Nos gustaría que nuestra decisión se tratara con respeto, y que usted aceptara nuestra sugerencia. —Miró a Patty en busca de apoyo. Ella asintió—. De otro modo —continuó diciendo—, no nos presentaremos a ningún taller extraordinario.

George se retiró. Todo el mundo le daba palmadas en la espalda. No me lo podía creer. Mis compañeros de campamento, aquellos colgados pirados empollones de hacía dos semanas, se estaban organizando.

Me enorgullecía de que fueran amigos míos.

El doctor Strom sacó su móvil e hizo una llamada que duró aproximadamente una docena de segundos. Luego volvió a guardárselo, miró al cielo y luego de nuevo a Katie.

—De acuerdo —dijo.

Todo el mundo prorrumpió en aplausos y gritos tan fuertes que los patos del lago levantaron el vuelo.

Pero si el doctor Strom creía que ya había acabado de llegar a acuerdos, se equivocaba. Laura era la siguiente a la que le tocaba parlamentar con el director del campamento.

—Doctor Strom —dijo—, también nos gustaría que la señorita Domerca volviera a ejercer de supervisora de la redacción del *Heraldo de Lelibro.*

—Me complace que toque usted ese tema —le dijo a Laura el doctor Strom. Luego caminó hacia la señorita Domerca—. Estoy seguro de que ya se nos ocurrirá la manera de arreglarlo. Lamento todo este incidente. Aquí siempre deberían sentirse libres de expresar su opinión, sin temor a represalias.

—Te lo agradezco, Malcolm —dijo la señorita Domerca antes de mirarme y hacerme un guiño.

Pensé para mis adentros que al final todo aquello se encaminaba a un final feliz.

—Y tú también tienes que comprometerte, Charlie Joe —dijo Katie.

¿Por qué será que los finales felices siempre tienen trampa?

—¿Comprometerme? ¿Cómo?

Katie me rodeó los hombros.

—Piensa de dónde sacas esas ideas, Charlie Joe. Piensa en cómo se te ha ocurrido todo este asunto de huelgas de campistas. ¿Cómo supiste de ese héroe al que quieres imitar? ¿Qué te inspiró para hacer una proclama como la de esta mañana en el desayuno? ¿De dónde venía todo eso?

Hice que me quitara la mano del hombro.

—¿Cuál es el compromiso? ¡Dime!

Ella hizo una mueca.

—Tienes que decirle bien alto a todo el campamento que la lectura no es lo más horrible y terrorífico de todo el universo.

—¿Qué?

—Y que en realidad los libros pueden ser algo maravilloso y valioso.

De pronto, todos los ojos estaban pendientes de mí. Me quedé paralizado. Creo que tal vez me habría resultado más fácil correr desnudo por el comedor a la hora del almuerzo.

Me dio un codazo en las costillas.

—Venga, Charlie Joe, ¡dilo!

—¡Sí, dilo! —me pidió Jack.

—No tienes más que decirlo —insistió Laura.

—Sí, en realidad a mí también me gustaría escucharlo —intervino la señorita Domerca.

Estaba intentando decidir qué iba a hacer cuando vino hacia mí el doctor Strom.

—Recuerdo muy bien su primer día en el campamento, señor Jackson —dijo—. Anunció la mar de orgulloso que nunca en la vida había leído un libro de cabo a rabo. Bien, según lo que entiendo ha leído usted un libro sobre Lech Walesa, y por eso estamos aquí, en la orilla del lago, en lugar de estar en nuestros nuevos talleres. —Se cernió sobre mí, de modo que su gran cabeza calva me tapó el sol, igual que el primer día en el Círculo de Bienvenida—. De modo que con seguridad esto le habrá hecho recapacitar sobre el valor y la importancia de los libros.

Reflexioné por un momento. Katie no me iba a dejar en paz hasta que no le proporcionara una pequeña victoria. Y el doctor Strom, con todo ese amor suyo a la lectura y el aprendizaje, no era tan mal tipo, y se podía decir que llevaba un día de perros.

Así que me dije que iba a darles un descanso a ambos, aunque solamente fuera por una vez.

—Bien, de acuerdo —dije tan bajo como pude—. Leer no es lo más horrible y asqueroso de todo el universo.

—Sigue —dijo Katie—. Y esta vez un poco más alto.

Busqué un agujero en el que ocultarme, pero no pude encontrar ninguno, así que aspiré profundamente y cerré los ojos.

—Y a veces los libros pueden ser muy bonitos y valiosos —dije.

Chicos y chicas soltaron exclamaciones sarcásticas. Pero luego se oyó como un rugido, y luego aclamaciones, como celebrando alguna victoria. Incluso el doctor Strom se añadió al griterío.

—¡Charlie Joe ha leído un libro! —se oyó que alguien proclamaba.

No había pasado mucho tiempo cuando todo el campamento coreaba: «¡Míralo, míralo, lee libros, lee libros! ¡Míralo, míralo, lee libros Charlie Joe!»

Pero no me habían dejado acabar. Quería añadir que leer un libro no convierte a nadie en empollón, pero al final decidí no insistir. Katie había salvado mi imagen, así que lo menos que podía hacer era dejarla pensar que tenía razón y que yo realmente era un amante de la lectura. Luego ya tendría tiempo de corregirla: durante el resto del verano, por ejemplo, cuando no iba a leer nada de nada. Ni siquiera un menú.

Me acerqué a ella.

—Gracias —le dije.

Nos dimos un abrazo.

—Por nada —añadí, y me escurrí antes de que pudiera darme una colleja.

En ese mismo momento los demás empezaban a lanzarse al agua para disfrutar de las actividades acuáticas libres. El doctor Strom y la señorita Domerca se acercaron.

El primero en hablar fue el doctor Strom.

—Señor Jackson, vamos a hacer de usted un lelibrero. Aunque muera en el empeño. Y puede que me muera, la verdad. Pero de momento voy a llamar a su señora madre y le diré que se queda usted con nosotros.

Luego se apartó, empezó a caminar y se alejó, colina arriba, sacudiendo la cabeza.

La señorita Domerca lo contempló mientras se alejaba y luego me rodeó con el brazo.

—¡Oh, Charlie Joe!

—¡Oh, señorita Domerca!

Pensaba que iba a darme las gracias por contribuir a que

volviera al periódico del campamento, y que también me felicitaría por ser un héroe. Pero en lugar de eso solamente me miró a los ojos.

—La próxima edición del *Heraldo* sale el miércoles —dijo—. ¿Tienes alguna idea?

Tercera semana

La escuelita amarilla

Empujón. Empujón.

—Charlie Joe.

Empujón. Empujón.

—Tengo que decirte algo.

Empujón. Empujón.

—Estoy dispuesto a aprender cómo besar a una chica.

Yo estaba tumbado en mi litera, de cara a la pared, e intentaba decidir si estaba contento o triste porque solamente quedaba una semana de campamento. A veces la vida puede ser muy confusa. Especialmente cuando alguien te empuja por el hombro.

Empujón. Empujón.

—¡Venga, Charlie Joe! Aquí eres el único que sabe cómo besar. ¡Tienes que enseñarme!

Me volví y vi a George mirándome, con las gafas enteladas por el sudor.

Volví los ojos de nuevo a la pared.

—Ahora no, George.

Jack levantó la vista de uno de los libros de exámenes universitarios tipo test que leía para pasar el rato.

—¡Venga, Charlie Joe! Tienes que ayudar al chico. Aunque solamente sea para que los demás no tengamos que oírlo gimotear.

Gruñí y me puse de pie. No quería hablar de besos. Los besos me recordaban a las dos chicas a las que realmente había besado: Hannah Spivero, la chica más perfecta del mundo, que en aquellos días estaba saliendo con Jake Katz, y Zoe Alvarez, la otra chica más perfecta, que hacía una semana y media que no contestaba a mis cartas.

—No estoy de humor para besos en este momento —le dije a George.

George parecía confundido.

—Oye, que no te estoy pidiendo que me beses...

—¡Pues claro que no! —respondí rápidamente—. ¿Y qué, entonces?

George se quitó las gafas y las limpió, algo que solía hacer cuando se ponía nervioso.

—Bueno, las cosas están yendo realmente bien con Patty, y estoy bastante seguro de que le gusto.

—Muy bien —comenté—. Realmente, eres Einstein para sacar esta conclusión. (Ya sé que suena a antipático, pero él podía encajarlo, sobre todo porque realmente era Einstein.)

—Charlie Joe, no lo entiendes —dijo George—. Nunca antes le había gustado a una chica. Me ha llevado un tiempo hacerme a la idea.

Tenía razón, no lo entendía. Yo le había gustado a Eliza Collins, la chica más bonita de la escuela, durante unos cinco años seguidos. Lástima que ella no me gustara a mí.

—No estoy demasiado seguro de si puedo resultarte de

alguna ayuda —le dije a George—. No vayas a creer que he besado a mil chicas.

Para ser exactos, la cosa se había quedado en novecientas noventa y ocho menos, pero eso George no necesitaba saberlo.

—Bueno, la cosa es que... —dijo George—. Que el viernes es la Salida de Aventura. Creía que esa podía ser la ocasión perfecta para hacer mi maniobra. Ya sabes, antes de que el campamento acabe.

Hay que recordar que la Salida de Aventura no era ningún viaje divertido a un parque de atracciones o a una playa. Eso es lo que se haría en un campamento normal, pero ¿desde cuándo el nuestro era un campamento normal? Así que íbamos a Old Bridgetown, que era una de esas ciudades de cartón piedra que se decoran como en los viejos tiempos. Y no solamente eso, sino que además íbamos a pasar la mayor parte del tiempo en la Escuelita Amarilla, la cual, según decían, era una de las escuelas más antiguas del país. Qué pasada, ¿verdad? Pero esperad, porque todavía hay más. Íbamos a acampar y a dormir en nuestras tiendas, lo que estaba muy bien, pero en lugar de contarnos historias de fantasmas y de asar malvaviscos en las llamas se suponía que íbamos a hacer una hoguera y que escucharíamos al doctor Strom y su lección sobre la escuela... ¡porque iba a haber un examen sobre el tema al día siguiente!

Sí, ya sé. Yo tampoco podía creerlo. Vaya, vaya. De todos modos, volvamos a George, que no estaba dispuesto a darse por vencido.

—Así, ¿cuál es el primer movimiento que tienes que hacer? —preguntó—. ¿Cuál es la primera etapa del proceso del beso?

Solamente en el Campamento Lelibro alguien podía hacer preguntas sobre «la primera etapa del proceso del beso».

—Bueno, está bien —dije yo—. Tengo un consejo para ti que se resume en una palabra, y basta.

De pronto todos los chicos estaban junto a mi litera, escuchando. Por lo visto no solamente era el mejor jugador de baloncesto en el campamento, sino que además también el mejor besador. Lo cual quería decir que tal vez fuera el único.

Hice una pausa, para dejar crecer el suspense.

—¿De qué se trata? —preguntó George, que se estaba impacientando.

—Sí, ¿cuál es esa palabra? —quería saber Jack—. ¿Es lengua?

Todos lo miramos.

—¿Qué pasa? —dijo Jack—. Resulta que sé que la lengua es una parte muy importante del beso.

—Puaj —dijo Jeremy, que expresó así la reacción de la práctica totalidad de la cabaña.

Me senté, dispuesto a pronunciar la palabra que resumía mi sabiduría. Todos se inclinaron hacia delante. Luego esperé un segundo, solo para torturarlos un poco más.

—Chicle —anuncié por fin.

Todos se echaron hacia atrás. George se rascó la cabeza.

—¿Chicle?

—Sí, chicle —dije—. Eso es lo más loco de los besos. Piensas en tantas cosas antes de hacerlo que cuando al final llega el momento, no puedes acordarte de nada. La mente se te pone en blanco. Así que si os doy algún consejo del tipo «ponle la mano en la nuca» o algo por el estilo, seguramente olvidaréis hacerlo, o lo haréis en el momento equivocado y resultará estúpido.

Todo el mundo se quedó reflexionando por un momento.

—Pero el chicle es fácil de recordar —continué diciendo—. Por eso el chicle es la clave. Porque el mal aliento rompe la magia. Y todo el mundo tiene mal aliento cuando está nervioso. Te pica la garganta, se te seca la boca y el aliento se pone fatal, en un momento.

George asintió, como si yo acabara de demostrar la teoría de la relatividad.

—Chicle —repetía, para guardarlo en la memoria de ese cerebro increíblemente poderoso.

—Y no un chicle cualquiera —precisé—. Uno para hacer

globos. Y antes de metértelo en la boca hay que acordarse de darle un trozo.

George pestañeó al otro lado de las gafas.

—¿Y eso por qué?

—Porque ver a una chica haciendo globos mola —respondí yo.

Todos se echaron a reír.

—¡Hacer globos de chicle mola! —dijo Jack, carcajeándose—. ¡Es lo más loco que he oído nunca!

Y de pronto Nareem, que había sido el único que no había estado pendiente de todas y cada una de mis palabras, decidió dar su opinión.

—Es verdad —confirmó—. Los globos de chicle molan.

Me imaginé a Nareem hinchando un globo de chicle. Luego me imaginé a Katie hinchando un globo de chicle. Luego me imaginé a Katie besando a Nareem. Y luego decidí que no quería pensar más en besos.

—¿Podríamos hablar de alguna otra cosa? —pregunté.

Pero el resto de los chicos estaba demasiado ocupado riéndose sobre eso de besar e hinchar globos como para oírme.

A medida que la última semana del campamento avanzaba, ocurrieron tres cosas interesantes:

1) El compromiso actividades acuáticas libres / Taller Ampliado funcionaba realmente bien, y el doctor Strom empezó a mostrarse simpático conmigo.
2) Leí un libro bastante bueno sobre mitología griega, pero me aseguré de esconderlo siempre que Katie rondaba por allí.
3) George empezó a mascar un montón de chicle.

El día antes de la Salida de Aventura tuvo lugar otra actividad tradicional del final de campamento: un partido de baloncesto que enfrentaba a los chavales con el equipo de trabajadores del campamento.

Dwayne me llamó antes del partido.

—He nombrado a Jared Bumpers capitán del equipo de los campistas para este partido.

Puse mala cara.

—Escúchame, ya te entiendo —dijo Dwayne—. Pero es mayor que tú, y este es su último año como campista. Es lo que tenemos que hacer.

—De acuerdo.

El primer acto oficial de Jared como capitán fue empezar sin mí.

—Quiero que salgas del banquillo más adelante, eso nos dará mordiente —dijo.

Miré a Dwayne, que se echó a reír.

—¡Relájate y disfruta! —me dijo.

Cuando el partido empezó, George iba como una moto. Creo que tanto chicle le había dado superpoderes. Eso, y el hecho de que aparte de Dwayne, el equipo de los trabajadores era tan poco atlético como el de los campistas. La cosa fue que cuando entré a jugar en el segundo cuarto ya íbamos ganando 14-8, y George había obtenido diez puntos.

Yo marcaba a la señorita Domerca. Ella nunca antes había jugado a baloncesto, de manera que no tuve demasiado trabajo. Pero lo que le faltaba en habilidad, lo suplía con palabrería.

—Observa este movimiento, Jackson, si quieres aprender algo importante.

O bien:

—Charlie Joe, ¿estás seguro de que puedes estar en la misma cancha que yo?

O bien:

—¡Venga, novato, que perderás el autobús al cole!

Se pasó todo el partido habla que te habla, hasta la mitad del tercer cuarto, cuando después de hacerle una finta pude encestar con una bandeja inversa de lo más espectacular. Ella enseguida vino a chocar los cinco conmigo. Cuando sus compañeros de equipo le recordaron que yo pertenecía al equipo contrario, ella se dio una palmada en la frente y dijo:

—¡Vaaaya! ¡Qué despistada! ¡No puedo creerlo! Charlie Joe, retiro completamente ese saludo. ¡Bórralo! —Luego me guiñó el ojo y me susurró—: No lo digo en serio.

¿No os había dicho ya que la señorita Domerca era de lo más sorprendente?

En el último cuarto, Jared se comportó todavía más como un pelmazo. Empezó a presumir ante Laura a base de lanzamientos desde toda la cancha. No entró ninguno. Pero Laura lo aclamaba cada vez que hacía botar la pelota sin perderla. La relación que tenían aquellos dos era uno de los grandes misterios del campamento. ¿Cómo era que Jared, que se creía el chico más enrollado del mundo, había decidido que Laura, una de las chicas más tranquilas del campamento, le gustaba? ¿Y por qué Laura, que era una persona fantástica, había decidido que Jared, que no lo era, le gustaba? Y ya que estamos, ¿cómo podía ser que un cerebro brillante como George de pronto se obsesionara con los besos y con el chicle y con encestar como un poseso?

Creo que la respuesta caía por su propio peso: los campamentos provocan reacciones extrañas en la gente.

Faltaban dos minutos de juego real y ganábamos 30-26 (no era exactamente un resultado de batalla baloncestística de gran nivel). De pronto apareció un coche y se detuvo justo al lado de la pista, igual que durante el partido contra el Campamento Pocacosa.

Pero esta vez quien salió del coche fue el doctor Strom.

—¡Pizza! —gritó.

—¡Pizza! —gritaron los campistas.

El doctor Strom, el doctor Singer y la señorita Domerca se pusieron a repartir trozos de pizza margarita, con *pepperoni* y con piña a todo el campamento, junto con zumo de manzana para hacerla bajar.

Cuando el doctor Strom me pasó un trozo, me dijo:

—No hay partido de baloncesto que se precie sin una buena pizza fiesta, ¿no le parece, Jackson?

Eso tal vez fue la primera broma del doctor Strom en todo el verano.

Ni siquiera nos preocupamos por acabar el partido. Cuando salimos de la pista, la señorita Domerca se me acercó:

—La revancha será el verano que viene —dijo—. Allí nos veremos las caras. ¡Te machacaré!

—¡Eso ya lo veremos! —contesté entre risas.

Y en ese momento me di cuenta de que algo era diferente.

¿Acaso había hablado como si existiera la posibilidad de que al año siguiente volviera a ese campamento, sin decir «por encima de mi cadáver» al final de la frase?

Los campamentos tienen efectos realmente extraños sobre las personas.

El viernes por la noche antes del desayuno, el doctor Strom se puso ante el micrófono.

—¡Atención, por favor!

Nos miramos, con cara de sorpresa. Normalmente los anuncios se hacían cuando ya habíamos acabado de comer. ¿Ocurría algo malo? O incluso mejor: ¿ocurría algo bueno? ¿Se había cancelado la Salida de Aventura?

No caería esa breva.

—En cuanto acabemos de desayunar, iremos a nuestras respectivas cabañas a hacer los equipajes, y luego nos dirigiremos a los autobuses a las ocho en punto. Llegar a nuestro destino nos llevará aproximadamente dos horas. —El doctor Strom señaló a Dwayne—. Dwayne es el supervisor del consejo en esta actividad, y se ha encargado de dejar una copia del horario del día de hoy en cada mesa.

Le eché un vistazo. No tenía buen aspecto.

El doctor Strom nos dejó un minuto para que interiorizáramos ese horario, y luego añadió:

—Mañana por la mañana, naturalmente, retornaremos a la Escuelita Amarilla a las ocho para efectuar nuestro taller final de dos horas, antes de volver al campamento.

Volvió a sentarse en su sitio inmediatamente, sin que nadie tuviera la oportunidad de hacerle alguna pregunta. Como por ejemplo, ¿cómo era posible que la visita a la Vieja Fábrica de Dulces solamente durara quince minutos? Y eso de que fuera vieja, ¿qué implicaba? Por otra parte, ¿a qué venía llamar «taller final» a lo que todo el mundo sabía que era un examen de dos horas, tan aburrido como los que teníamos en la escuela, solo que más largo?

HORARIO DIARIO DE LA SALIDA DE AVENTURA	
10 h	Llegada
11 h	Tentempié
11.45 h	Vuelta a los autocares
12 h	Llegada a Old Bridgetown
12.15 h	Visita al pueblo
13 h	Comida
14-16 h	Taller final en la Escuelita Amarilla
16.15 h	Visita a la Vieja Fábrica de Dulces
16.30 h	Autocares
17 h	Hora de descanso en las tiendas
18 h	Cena
19 h	Hoguera de campamento
21 h	Se apagan las luces

—Tendrían que llamarlo Salida de Tortura —murmuré—. Es increíble. Increíble.

George me miró y se echó a reír.

—Recuerda lo que Lech Walesa dijo una vez sobre eso de enfrentarse a la adversidad.

—¿Qué dijo, pues?

—Creo que la traducción exacta sería «¡Dale, machaca!».

En el autocar hacia Old Bridgetown estuvimos cantando arias.

¿Sabéis lo que son las arias? Yo tampoco lo sabía.

Por lo visto son canciones de óperas, y por lo visto ni siquiera se entiende lo que dicen. A la señorita Domerca le encaaaantan las arias. Así que nos hizo cantar algo de una ópera que se llama *La Bohème*, que en francés quiere decir «¡Jo, vaya truño!».

—¿Y qué hay de *En la granja de Pepito*? —dijo Jack, que estaba sentado junto a mí con una camiseta en la que ponía «Diviértete: lee un libro». (Eso no es posible, para vuestra información.)

—¡I-A-I-A-OOOO! —canté yo—. ¡Esta letra sí que se entiende!

Jack se echó a reír, como solía hacer. Siempre se reía con mis bromas.

—Entonces, Charlie Joe —dijo—, ¿cómo es la cosa? ¿Hay alguna posibilidad de que vuelvas el año que viene?

—No lo sé, tío. Probablemente tendría que decir que no —le dije—. Vosotros sois de lo más simpático y todo, pero a mí me apetece más estar por la playa y comer helado que sentarme en las clases. Así soy yo.

—Muy bien —dijo Jack, con expresión un poco disgustada.

—Y a ti, ¿tanto te gusta todo esto? —le pregunté.

—Bueno, sí —dijo él—. Me gusta. Me encanta venir aquí. —Miró por la ventana—. Ir a algún sitio lejos de casa es parte del asunto. Mi padre se pone un poco nervioso a veces, pero por lo demás mis padres son simpáticos, y mi abuela, que vive con nosotros, es fantástica...

—Y las *cookies* que hace, lo mismo —le interrumpí.

—Sí, esas *cookies* son muy buenas —dijo Jack, sonriendo. Luego puso una expresión algo triste—. Pero cuando estoy en casa no tengo tantos amigos. Todos piensan que soy un tipo raro. En realidad, no puedo estar en desacuerdo con ellos. En el campamento, sin embargo, todo el mundo es como yo, y eso lo hace muy divertido. —Se volvió y me miró—. Pero claro, tú no puedes entenderlo.

—¿A qué te refieres? —le pregunté.

—¡Vamos, hombre! —dijo—. Cuando llegas a casa, seguro que puedes hacer todo lo que quieres, y que te vas por ahí con tus amigos y todo eso. Yo no puedo. En cuanto vuelvo tengo que empezar con mis lecciones de violonchelo, y con unas prácticas científicas, y con el karate y las clases de chino.

—¿Haces todo eso? ¿En verano?

—Pues eso no es nada. Tendrías que verme durante el curso.

—¡Vaya! —dije yo—. ¡Qué locura!

—Sí, lo sé —coincidió Jack—. Es realmente una locura.

—¿Pero qué hay de lo que dijiste en el partido contra el Campamento Pocacosa? —le pregunté—. Cuando dijiste que en secreto deseabas pasarte la vida entera echado en el sofá viendo la tele...

Jack se echó a reír.

—¡Como si eso pudiera ocurrir alguna vez...!

—¡Pero tío, no eres más que un chaval! —le dije, casi gritándole—. No tienes que hacer nada de nada si no quieres hacerlo. Lo que tienes que hacer es decirle a tus padres que estás cansado de estar tan ocupado. Adopta una postura y mantenla.

Sonrió con cierta tristeza.

—¿Te refieres a una postura como Lech Walesa y Charlie Joe Jackson?

—¡Eso es! —Le di una palmada en la espalda—. ¡Exactamente! ¡Puedes hacerlo, de verdad! —Y señalé su camiseta—. Y podrías empezar por conseguir algo de ropa nueva.

Se miró la camiseta.

—Sí, supongo que sí.

La señorita Domerca nos interrumpió con dos palmadas que dio justo al lado de nuestras cabezas.

—¡Vosotros dos! ¡No os oigo cantar! ¡Vamos, cantad!

La miré.

—¿Podemos cantar *Vamos de paseo*, por favor?

—¡Oh, esa me encanta! —dijo Jack—. ¡Pi-pi-pi!

—¡Por favor! —le pedí a la señorita Domerca—. ¡Por favor, por favor...!

Ella levantó las manos.

—Muy bien —dijo—, pero lo primero es lo primero. —Me dejó una carta en el regazo—. ¡Último servicio postal del año!

Miré la caligrafía del sobre y el corazón se me desbocó. ¡Por fin!

Jack se inclinó hacia delante.

—¿Es de Zoe?

—Sí.

—¡Tiene que ser una pasada recibir una carta de una chica!

Hice una profunda inspiración.

—Te lo diré en unos treinta segundos.

Querido Charlie Joe:

Siento no haberte escrito antes. Supongo que estaba nerviosa o algo así, pero eso no es excusa, en realidad. Tal como te decía, lo siento.

No sé si lo habrás sabido por alguien diferente, pero esta semana vuelvo a casa de mi padre. Mis padres vuelven a vivir juntos, lo creas o no. Ya veremos qué pasa. La cuestión es que quería decírtelo antes de que volvieras a casa y te encontraras con que yo me había ido.

Solamente estaré a un par de horas de distancia, así que de verdad espero que podamos seguir siendo amigos y que podamos vernos y salir, si tú quieres. Házmelo saber.

Espero que te lo estés pasando la mar de bien en el campamento, por mucho que todo sea sobre la lectura y la escritura y el estudio y todo eso. Como te conozco, sé que ya encontrarás una manera de pasártelo bien, sea como sea.

Te echo de menos.

Besos,

Zoe

Leí la carta en unos cinco segundos, y luego la volví a leer unas cincuenta y cinco veces.

Así que era oficial: Zoe Alvarez no iba a convertirse nunca en mi novia real.

La chica que me había enseñado a valerme por mí mismo, y a arreglármelas cuando las cosas no salían tan bien como preveíamos, se marchaba.

Yo quería de verdad verla en cuanto acabara el campamento, y estar por ahí con ella cuando el cole empezara, y luego tal vez salir con ella de verdad.

Y ahora resultaba que todo eso no iba a ocurrir.

***

Allí sentado en el autocar empezaba a volverme loco. En esos momentos deseé que me hubieran expulsado del campamento, después de todo. Luego habría estado en casa, y aunque me hubieran castigado podría haberme escabullido e ir a ver a Zoe, por lo menos antes de que se fuera. En lugar de eso allí estaba, en ese autocar, en dirección a una escuelita aburrida en medio de la nada. Para cuando volviera del campamento, Zoe ya se habría ido. Y eso de «a un par de horas» podía convertirse en lo mismo que decir «en la Luna». Probablemente no iba a verla nunca más.

Pero luego lo pensé mejor, y empecé a verlo de otra manera.

Me di cuenta de que tal vez había sido una buena cosa venir a aquel campamento. Si hubiera estado en casa, Zoe me habría empezado a gustar más y más, y luego habría sido mucho peor que se fuera. Y en lugar de estar con la misma gente de siempre en casa, había hecho amigos nuevos. Resultaba obvio que nunca, nunca en la vida iba a convertirme en un gran amante de los libros, como Katie predecía, pero realmente había descubierto un par que no estaban mal. Y había averiguado que podía ir al lugar más extraño de la Tierra y que allí también iba a encontrar una manera de encajar.

Así que sí, cuando llegamos al terreno de acampada había decidido que el Campamento Lelibro era el mejor lugar de la Tierra, y que irme de campamentos era la mejor decisión que había tomado nunca. ¡E iba a demostrárselo al mundo —y a Zoe— concentrándome en el taller final y superando con nota el examen!

Regla número uno del amor: enterarse de que la chica que te gusta se va puede tener efectos extraños en tu cerebro.

El terreno de acampada estaba muy bien. Plantamos las tiendas en el bosque, y había un lugar enorme para la hoguera junto al lago. Luego comimos deliciosos aperitivos de mantequilla de cacahuete, palomitas y zumos, tres de mis alimentos preferidos. Era como si el doctor Strom supiera que yo había decidido cambiar mi opinión sobre el campamento. Era como si quisiera convencerme de que había tomado la decisión correcta.

Luego volvimos a amontonarnos en los autocares y fuimos hasta Old Bridgetown, que era mucho menos convincente.

Todo parecía de los tiempos de la Revolución. En unas casas pequeñitas había zapateros que hacían zapatos, sopladores de vidrio que soplaban vidrio y herreros que hacían eso que hacen los herreros y que no sé muy bien qué es. La gente circulaba por allí con esas ropas que parecen tan incómodas, y por un momento recordé acongojado lo que había ocurrido el curso pasado, cuando tuve que vestirme como Byron Chillingsworth, el famoso cazador de zorros inglés. Esa es una larga historia.

Pero bueno, resumiendo: ese tipo de lugares no son lo

que se dice mis preferidos. Las personas se muestran demasiado amables, y no hay televisión por cable. Y no me interesa en absoluto cómo la gente tenía que leer a la luz de una vela. (Parece una acumulación de esfuerzos extraordinarios, si queréis mi opinión.) Pero bueno, la cosa es que no me gustaba lo que veía, y ni siquiera habíamos llegado todavía a la famosa Escuelita Amarilla.

Y entonces fue cuando vi la Vieja Fábrica de Dulces. ¡Eso sí que era glorioso!

El hecho de que Zoe fuera a vivir a otra ciudad se convirtió en un recuerdo distante, al menos por un rato, en cuanto entré en aquella tienda e inmediatamente empecé a babear. Todo hasta arriba de los dulces con mejor apariencia que había visto en la vida. La especialidad eran los *fudges*. Los había de todos los tipos: normales, con aroma de menta, de mantequilla de cacahuete, con chocolate blanco... Quería probarlos, uno a uno, sin saltarme ninguno. Pero eso no era todo. Allí había más cosas, aparte de *fudges*. Muchas más. Frutas caramelizadas, garrapiñadas, chocolateadas, almendradas y montones de mis dulces favoritos. Y luego enormes barriles con caramelos y regalices y palos y...

¡No me cansaría nunca de enumerar las maravillas que había allí!

No me cansaba de mirar, con la lengua en algún lugar cercano a los cordones de mis zapatos, cuando sentí una mano sobre el hombro. Me volví.

Era la señorita Domerca.

—Nos tenemos que ir —dijo—. La comida.

Yo la ignoré y volví a concentrarme en el escaparate de la felicidad. La señorita Domerca me dejó mirar durante dos segundos más, y luego, con suavidad, me apartó de allí.

—Dentro de un rato volveremos —me prometió.

—Sí, durante quince minutos —le recordé—. ¡Es tan injusto! Tendríamos que pensar en revertir el horario: quince minutos en la escuela esa, y dos horas en la Vieja Fábrica de Dulces. Eso es lo que haría un americano normal y corriente.

La señorita Domerca suspiró.

—Charlie Joe, esa actitud es precisamente lo malo que ocurre en este país. Demasiado comer y poco leer.

«Oh, señorita Domerca. ¿No aprenderá usted nunca?»

—Chicos y chicas, mi nombre es maestra Prudence Moffitt. Por favor, sentaos.

La maestra Moffitt, cuyo nombre real era probablemente Sheila Johnson o algo por el estilo, estaba de pie en la parte delantera de un aula cubierta de madera y muy vieja que constituía la totalidad de la Escuelita Amarilla. Llevaba una gran falda azul que se inflaba por el trasero y como un pañuelo blanco que le apretaba la cara por los lados. Yo tenía la esperanza de que le pagaran un montón de dinero por vestirse así, pero lo dudaba.

Todos nos sentamos en nuestros sitios habituales: Nareem junto a Katie, George junto a Patty y Jared junto a Laura. Las tres parejas felices del campamento, juntas por dos días más.

Aunque eso no valía para Nareem y Katie, claro. Esas

dos personas iban a estar juntas durante todo el curso que seguía. ¡Qué afortunados eran!

Me senté frente al pequeño pupitre, en el que había un libro muy extraño y una especie de pluma todavía más extraña. Esperaba que nadie se diera cuenta de que estaba prestando atención. No le había explicado a nadie mi plan para hacer un examen impecable. Quería que eso fuera una bonita y gran sorpresa.

—Los chicos que se sentaban en estos pupitres eran los que tenían suerte —nos explicó la maestra Moffitt—. Pertenecían a familias lo bastante ricas como para permitir que fueran a la escuela. La mayoría de los chicos como vosotros, y también los más pequeños, trabajaban en los campos y en las granjas y no podían ir a la escuela. Al principio en las colonias solamente un setenta y cinco por ciento iba a la escuela.

—A mí me hubiese gustado estar entre el veinticinco por ciento que no tenía que venir —dijo George, con lo que todo el mundo se echó a reír.

—Deja ya de intentar imitar a Charlie Joe —le dijo Jared—. A ti te gusta leer, y por eso estás aquí.

—Ocúpate de tus asuntos —dijo George, sonrojándose.

—Bueno, basta ya —dijo el doctor Strom—. Cállense de una vez, ustedes dos.

Ellos obedecieron, y yo pensé en lo extraño de la escena que acababa de presenciar. George Feedleman, el chico que estaba demasiado asustado como para pronunciar palabra en el primer taller impartido por la señorita Domerca, en el primer día del campamento, se había ganado una bronca por hacer bromas sobre no leer. Entretanto, yo estaba sentado, me comportaba como un angelito y tenía en mente sacar la mejor de las puntuaciones en un examen.

Sí, las cosas habían cambiado.

—Tal como os decía —continuó la maestra Moffitt—, los chicos que iban a la escuela eran los que tenían suerte. Lo que tenéis delante es el tipo de papel que utilizaban para escribir. El papel era entonces carísimo. En cuanto a los plumines, los colocaban en el portaplumas y luego los mojaban en la tinta. Podéis probarlo si queréis. Escribid vuestro nombre en la primera página.

Yo mojé mi plumín en la tinta y luego escribí «Charlie Joe Jackson» en la primera página. De hecho parecía que pusiera más bien **CHARLIE JOE JACKSON**, pues era muy difícil escribir con esa cosa, pero resultó muy interesante.

Luego el doctor Strom se puso en pie frente a la clase.

—Durante las dos horas siguientes —dijo—, la maestra Moffitt les guiará en una gira de lectura maravillosa sobre los libros, discursos y otros escritos del período de la Revolución. Mañana por la mañana, en el taller final, contestarán un test de cuarenta preguntas sobre lo que hayan aprendido hoy, y luego escribirán sus propios trabajos con la caligrafía propia de la época. El tema del trabajo será: «Lo más importante que he aprendido en el campamento en esta temporada.» De este modo concluirán nuestros talleres en este verano. Estoy muy orgulloso de todos ustedes. —Sonrió—. Y ahora, les dejo en las buenas manos de la maestra Moffitt. ¡Que lo pasen bien en este maravilloso taller!

Cuando el doctor Strom salía del aula, me pareció que me hacía un gesto con la cabeza.

Por si acaso, yo hice lo mismo.

***

Dos horas más tarde, lo había aprendido todo sobre lo duro que era vivir allá por 1770. Estaba preparado para ese examen.

Pero antes había llegado el momento de aprovechar una de las comodidades de la vida moderna.

Durante la visita a la Vieja Fábrica de Dulces, tan absurdamente corta —solamente quince minutos—, le pregunté al chico que trabajaba allí, cuyo nombre era Bart, cómo había conseguido aquel trabajo.

—Pues presenté una solicitud, eso es todo.

Eso me sorprendió.

—¿Y no tuviste que ir a clase de *fudge*, ni a la escuela de *fudge*, ni hacer un programa intensivo de ningún tipo? ¿Te contrataron y ya está?

—Sí, eso es —dijo Bart—. Pero es que hacer *fudge* no es tan complicado. Puedes aprender en unas tres horas.

Tomé un trozo grande de una muestra gratuita y sonreí.

Desde aquel momento tendría una respuesta para cuando alguien me hiciera esa pregunta tan aburrida sobre lo que quería ser de mayor.

El tiempo era el perfecto para hacer una hoguera. El verano había sido de verdad caliente y húmedo, pero esa noche había refrescado y soplaba la brisa. Lo más sorprendente era que no había mosquitos, por mucho que estuviéramos junto al lago. Las tiendas estaban montadas, los sacos de dormir estaban listos y los malvaviscos dispuestos para el fuego. Todo estaba en su sitio.

Pero a veces el único problema con «en su sitio» es que te hace pensar en ese detalle que haría que el orden fuera todavía más completo.

Zoe. Zoe y su partida.

Supongo que por eso me sentía algo extraño cuando llegó Katie y se sentó justo a mi lado, junto al fuego. No la había visto en todo el día, con lo ocupado que había estado con los plumines y los libros y la memorización de los sistemas de cultivo en el siglo XVIII. Pero la había visto con Nareem unas cuantas veces. Se daban la mano, y era como si siempre hubiesen estado así.

Incluso diría que a esas alturas eran expertos en darse las manos.

Intenté ofrecerle mi sonrisa más amical a Katie.

—¡Eh, hola!

—¿Podemos hablar?

—¡Claro! ¿Ocurre algo?

Ella dudó un segundo, y luego dijo:

—Solamente quería decir que es fantástico lo bien que lo has hecho en este campamento. Estoy muy orgullosa de ti.

—Estupendo —dije.

Le agradecía lo que me decía, pero no me sentía demasiado hablador.

—Ya sé que te hago bromas, Charlie Joe —dijo Katie—. Y a veces incluso hago que te vuelvas un poco loco. Pero eso es solamente porque nos conocemos desde hace tanto que siento como si te lo pudiera decir todo. Supongo que todo esto ya lo sabes.

Asentí.

—Es posible que Nareem sea mi novio —añadió—, pero tú eres mi más viejo amigo.

—Gracias por decirlo.

—Y espero que te sientas confiado y que me digas lo que sea, cuando sea —continuó diciendo Katie—. Lo más importante de todo es que sigamos siendo honestos respecto a lo que sentimos mutuamente.

—Estoy completamente de acuerdo —dije.

—Bien, estupendo —dijo Katie, aunque no por eso parecía más satisfecha. Me miraba como si ya fuera la terapeuta en la que probablemente se convertiría un día.

Suspiré.

—¿Qué pasa?

—¿Entonces —preguntó Katie—, sientes que puedes decirme lo que sea? Porque si no pudieras, no sé lo que haría.

—¿Pero qué me estás preguntando, Katie? —Pensamientos de Zoe y de Katie y de Hannah se me mezclaron en la cabeza, y empecé a sentir esa sensación molesta otra vez—. ¿Hay algo que crees que no te digo? Yo siempre soy honesto contigo. Como cuando me acusaste de querer ser un empollón en secreto... Fui completamente honesto cuando te dije que era lo más loco que había oído en la vida.

—Yo no estoy hablando de eso —dijo Katie, con un tono de preocupación—. Si de verdad quieres saberlo... De lo que quiero asegurarme es de que no te enfadas con Nareem y conmigo por salir juntos. Especialmente ahora que estamos a punto de volver a casa y que pasaremos el resto del verano y empezaremos el curso y todo eso...

¡Vaya! Así que era eso...

—Oye, a mí no me afecta nada... —insistí en decirle—. ¿Por qué iba a afectarme? ¡No me afecta en absoluto!

Katie se encogió de hombros.

—Bueno, no sé, pero te has comportado de una manera un poco rara durante todo el verano. Solamente quería asegurarme de que no sentías celos, creo.

¡Boing! Ya estaba. Lo había dicho. La palabreja.

Pensé durante un minuto e intenté decidir lo que iba a decirle. Una parte de mí quería expresarle que tenía razón, que quizá de algún modo sentía algo de celos, por no decir que me sentía un tanto irritado por ver que ella y Nareem tardaban una eternidad en decidir convertirse en novios.

Eso, combinado con mis ansias secretas de convertirme en un empollón, resultaba en un comportamiento algo extraño en ocasiones, y lo sentía de verdad.

Y otra parte de mí deseaba decirle que acababa de saber que Zoe se iba de la ciudad, y que por mucho que lo intentara, quizá no toleraba igual de bien ver que ella y Nareem se acaramelaban en cualquier momento ante mí.

Pero en lugar de eso, dije:

—Como ya le he dicho a Nareem, creo que es fantástico que os gustéis. De verdad, me siento totalmente feliz por vosotros.

Katie me miró como si estuviera intentando decidir si me creía o no.

—Además —añadí por algún motivo—, nunca me has gustado en ese sentido, ya lo sabes.

Creo que vi un destello de disgusto cruzar la cara de Katie, pero tal vez fueran imaginaciones mías.

—¡Pues muy bien! —dijo ella, agarrándome por el hombro.

De algún modo yo hice el mismo gesto.

—Muy bien, muy bien —repitió—. ¡Me alegro tanto!

No estoy seguro de si me estaba diciendo que se alegraba por Nareem o por ella.

Preferí no preguntárselo.

Así que el drama que protagonizábamos Katie y yo había acabado, al menos de momento.

Pero las emociones junto a la hoguera no habían hecho más que comenzar. Después de mi extraña conversación con Katie me di una vuelta por ahí buscando un malvavisco que poner al fuego cuando me encontré de cara con Laura Rubin.

—Te he estado buscando por todas partes —me dijo.

Estaba llorando.

—Laura, ¿qué ocurre? —le pregunté, mientras bajábamos hacia el lago—. ¿Qué tienes?

—He sido una tonta.

—Eso no es posible —dije yo.

No, en el Campamento Lelibro no había tontos, seguro. Empollones, sí. Tontos, no.

—Sí que lo he sido. Tienes que creerme. Todo este asunto al final ha resultado patético.

—¿Qué asunto?

Laura intentaba secarse las lágrimas, pero enseguida se veían remplazadas por otras nuevas.

—El asunto con Jared.

—¿Qué asunto con Jared?

—Es un idiota.

Laura se sentó en un banco y empezó a tirar piedras al lago. Yo la miraba, pero sin decir nada. Solamente esperaba a que estuviera en condiciones de explicarse. Al final se volvió para mirarme.

—Jared se ha pasado todo el verano fingiendo que le gustaba para que le hiciera todo el trabajo.

La miré.

—¡Porras! ¿En serio?

Laura asintió.

—En serio. Durante todo este tiempo he estado ayudándolo con su trabajo. Le he ayudado a completar un montón de deberes. Creo que es el único motivo que le llevaba a estar conmigo.

Ni siquiera yo pensaba que Jared pudiera caer tan bajo.

—Es de locos —dije.

—Es de locos, pero es cierto —respondió Laura—. Ahora resulta que en realidad odia leer y escribir.

Tuve que sentarme para asimilar esa afirmación. Dios mío, ¡Jared se me parecía!

Realmente, esas eran las noticias más perturbadoras que me podían comunicar.

—Pero, entonces, ¿qué está haciendo en el Campamento Lelibro? —pregunté.

—Buena pregunta —dijo Laura, llorosa—. Supongo que su hermano mayor había venido, y resulta que es un genio o algo por el estilo, y por eso Jared siente una gran presión para ser como él.

¡Vaya! Primero Jack sentía el marcaje de su padre, y ahora Jared intentaba ser como su hermano. Ser un empollón, definitivamente, conllevaba muuucho estrés. ¿Pero sabéis qué? Jack controlaba este estrés mucho mejor que Jared, en mi opinión.

Laura seguía hablando.

—Y yo estaba tan contenta de gustarle que ni siquiera me importaba. Así hasta hoy, que nos hemos puesto a hablar del taller final y él me ha dicho que tenemos que sentarnos juntos. «¿A qué te refieres?», le he preguntado, «si siempre nos sentamos juntos...». Y él me ha dicho que no, que era más que eso, que tenía que sentarme a su izquierda y que tenía que esforzarme en no poner el brazo sobre el

papel del examen. Le he preguntado por qué y me ha dicho: «¡Pues para copiar las respuestas, tonta!» Y luego se ha echado a reír, como si fuera lo más obvio del mundo.

Laura envió una piedra a un árbol. Dio en la corteza con un ruido sordo.

—Tenía que haberlo sabido —dijo.

—No me lo puedo creer —dije yo—. ¡Menudo tramposo! Siempre he sospechado que con ese chaval pasaba algo. —Empecé a lanzar mis propias piedras—. ¿Qué vas a hacer?

—¿Qué puedo hacer? —pensó Laura en voz alta—. Supongo que le dejaré copiar mis respuestas. Si no lo hago probablemente me odiará para siempre.

—¡De eso nada! —dije inmediatamente—. Si le dejas copiar tu examen, tú también estarás haciendo trampas. Podrían expulsarte del campamento para siempre.

(Tal vez os estéis preguntando por qué un chico como yo, que hace que otros lean los libros que tiene que leer, está de pronto tan preocupado por copiar. Pero es que Laura es mejor persona que yo, así que ¿por qué iba a rebajarse a mi nivel?)

—¡Pero me da demasiado miedo decírselo! —gritó Laura—. ¡Me matará!

—Es una buena razón —dije—. Pero ¿puedo preguntarte una cosa? ¿Por qué me lo estás explicando a mí? ¿Por qué no pruebas, no sé... con Katie, por ejemplo?

—No lo sé —respondió Laura—. Simplemente he pensado que tal vez... sabrías lo que hacer.

—¡Ah, ya!

Bien. Laura tenía un problema, y de entre todo el campamento de cerebrines me había escogido a mí. Eso era todo un detalle.

—Tendremos que elaborar un plan —dije.

—¿Como cuál? —dijo ella, mirándome esperanzada.

—Déjame pensarlo un minuto.

Lo pensé durante un minuto... Luego otro minuto más... Y luego otro...

Y entonces se me ocurrió.

Un buen plan. De hecho, era un plan perfecto. Era un plan que solamente tenía un punto débil.

Podía hacer que me expulsaran del Campamento Lelibro para siempre y que todos los que iban allí me odiaran. ¡Y eso justo cuando había decidido que después de todo me gustaba el campamento!

Sí, lo sé: mostraba una gran debilidad.

Pero cuando miré a Laura y la vi allí llorando, comprendí que tenía que ir a por todas.

—Tengo una idea.

—¿Qué idea?

—Si no estás en el examen, Jared no podrá copiar tus respuestas.

—¿Y por qué iba a perderme el examen?

Encontré un guijarro que era perfectamente plano y lo lancé de lado. Rebotó seis veces.

—Porque yo también voy a perdérmelo —respondí.

Al día siguiente, Laura se sentó a mi lado en el autocar que nos llevaba a Old Bridgetown.

—¿Estás seguro de que quieres hacerlo? —preguntó.

—Segurísimo —dije yo—. Tú recuerda que tienes que esperar mi señal. ¿Dónde anda Jared?

—Lo he estado evitando —dijo ella.

—Bien hecho.

—También me he puesto a pensar y... —añadió Laura.

—No, no —repliqué—. Este es tu primer error.

Ella intentó sonreír.

—¿Qué ocurrirá si nos pillan? No quiero meterme en problemas por Jared, no se lo merece.

Me eché a reír.

—Bueno, tú no te meterás en ningún problema, pero yo sí.

—¡Pues entonces no quiero que tú te metas en problemas!

—No pasa nada —le dije—. Estoy acostumbrado.

Ella suspiró.

—Nunca he hecho nada semejante. No es lo que se dice ser honesto.

—Nadie tiene que saberlo —respondí—. Nunca. —Laura seguía pareciendo insegura—. También tienes otra opción, pero solamente una —continué diciéndole—: ir a decírselo al doctor Strom ahora mismo, para que sepa lo que Jared quiere que hagas.

—No puedo hacer eso —dijo en voz muy baja.

No estaba seguro de si era porque una pequeña parte de ella seguía queriendo proteger a Jared o por lo avergonzada que se sentía de haber caído en el engaño.

Quizá fueran ambas cosas.

***

El autocar se detuvo en el aparcamiento de Old Bridgetown —la única parte de todo el lugar que no parecía como del siglo XVIII— y todos salimos en tropel. En cuanto empezamos a andar hacia la Escuelita Amarilla me encogí como agarrándome el estómago.

—Me parece que esa salchicha no me ha sentado demasiado bien —le dije a Dwayne—. Tengo que hacer un viaje rápido al baño.

Dwayne me miró como si no acabara de creerme —¿os lo podéis imaginar?— y luego por fin asintió:

—De acuerdo, date prisa —dijo.

Fui hacia el baño y una vez dentro cerré la puerta. Al cabo de unos minutos, me deslicé hacia la parte trasera de la escuela, en donde me oculté bajo un árbol durante cinco minutos más. Luego me arrastré hasta una ventana abierta y escuché.

Dos minutos más tarde oí la voz del doctor Strom.

—¡Creí que me habías dicho que había ido al baño!

Dwayne contestó.

—Eso es lo que me ha dicho, pero he ido a buscarlo allí y ya no estaba.

Una mano descargó con fuerza sobre la mesa.

—¡Este chico me está matando! —dijo el doctor Strom—. ¡Me está matando!

Luego se oyó la voz de la maestra:

—¿Qué quiere que hagamos?

—Pues ya vamos tarde —le dijo el doctor Strom—. Así que vamos a empezar. Tenemos que estar de vuelta en el campamento a las diez.

Había llegado el momento. Lancé un guijarro contra la ventana.

Era la señal que esperaba Laura.

Cinco segundos más tarde oí su voz.

—Creo que sé lo que puede haber pasado. La última noche, junto a la hoguera, me dijo que probablemente iba a fallar en el taller final, y que sus padres se lo iban a tomar tan mal que lo iban a obligar a ir a la escuela de verano en cuanto llegara a casa. Se dejaba llevar por el pánico y no sabía lo que hacer.

Oí que había algún movimiento, como si quizá la gente se desplazara para oír mejor a Laura. Luego, otra vez su voz:

—Y esta mañana en el autocar me ha vuelto a decir lo mismo. Me ha dicho que prefería huir y saltarse el examen a hacerlo mal. Me ha dicho que iba a escabullirse y que luego iría a algún sitio. Yo no pensaba que hablara en serio. De lo contrario se lo habría explicado.

Doctor Strom: «Escabullirse, sí, ¿pero para ir adónde?»

Maestra Moffitt, inasequible al desaliento: «Estudiantes, por favor. Empiecen.»

Laura: «Creo que mencionó un lugar. Creo que sí.»

Dwayne: «¿Mencionó un lugar?»

Doctor Strom: «¿Mencionó un lugar?»

Los dos: «¿Cuál?»

Laura, que parecía muy afectada (era muy buena actriz): «¡No lo sé! ¡Vaya, es que no estoy segura!»

Doctor Strom: «No pasa nada, señorita Rubin, no es culpa suya. Vamos a calmarnos, todos. Señorita, ¿cree que podría recordarlo?»

Laura: «Sí que mencionó algún lugar, pero yo estaba tan concentrada con el examen, y además en el autocar había mucho ruido, y él susurraba, y yo no estaba escuchando con demasiada atención... Lo siento.»

—No pasa nada —volvió a decir el doctor Strom.

—Pero creo que si lo viera me acordaría —añadió Laura—. Tal vez alguien podría llevarme a dar una vuelta por Old Bridgetown. Creo que si viera el nombre del lugar me acordaría.

Luego oí unos susurros, y luego finalmente la voz del doctor Strom.

—De acuerdo. Dwayne recorrerá la zona con Laura. Yo me quedo aquí con el resto de campistas, por si acaso Jackson se lo piensa mejor y vuelve.

El plan estaba funcionando a la perfección, pero entonces surgió una amenaza especial. Oí que Jared se lamentaba:

—¿Se marcha ella? ¿Y por qué se libra de hacer el examen? ¡No es justo!

—¡Esto no es asunto tuyo, Jared! —dijo el doctor Strom, lo que hizo que Jared siguiera gimiendo y quejándose durante un buen rato. ¡Era increíble!

Lo malo fue que no pude quedarme allí escuchando más lloriqueos, porque tenía que ir hacia la Vieja Fábrica de Dulces, y rápido. Calculaba que me iba a llevar un par de minutos llegar allí: el tiempo suficiente para que Laura y Dwayne caminaran hasta Old Bridgetown y para que ella «recordara de pronto» que la Vieja Fábrica de Dulces era el lugar que buscaba.

Esa era la segunda parte del plan.

Corrí tan rápido como pude hasta la Vieja Fábrica de Dulces, que estaba justo en el otro lado de Old Bridgetown, de manera que me sentía completamente agotado cuando llegué allí. Como todavía era pronto, Bart, el fabricante de *fudge*, era el único que estaba por allí. Cocinaba algo que olía tan bien que al mismo tiempo que salivaba por la boca me puse a llorar por los ojos.

—¿Qué estás haciendo?

Bart me miró desde el otro lado de su enorme olla.

—¡Vaya, hola! —dijo. Luego miró detrás de mí—. ¿Dónde está el resto de la tropa?

—Hoy tenemos día libre.

Me miró, suspicaz.

—¿De verdad? Pues normalmente no lo permiten.

—Bueno, somos del campamento de niños superdotados, de modo que me parece que eso tal vez nos haga más responsables.

Bart pensó durante un momento sobre este asunto, luego se encogió de hombros.

—¿Qué estás haciendo? —repetí.

—*Fudge* de coco —dijo Bart revolviendo lo que parecía como barro marrón—. Especialidad de la casa.

—¿Puedo probar?

—Todavía no está hecho.

—¡Por favor! —insistí.

Bart miró a su alrededor, luego tomó una pequeña cuchara de madera y la sumergió en el chocolate fundido. Me la pasó.

—Ten cuidado, está caliente.

Soplé durante medio segundo y luego tomé un poco (sorbí un poquito, de hecho). Me quemó la boca, pero eso no me preocupaba. Muy posiblemente fuera lo mejor que había probado en la vida. Fue incluso mejor que la primera vez que descubrí la combinación entre caramelo y manzana.

—¡Vaya! —dije yo. Y luego, para mayor ponderación, añadí—: ¡Vaya, vaya, vaya!

—Sí —dijo Bart, sin dejar de remover—, es una bomba.

Estaba rogándole a Bart que me dejara probar otra cucharada cuando la puerta del establecimiento se abrió de pronto. Dwayne y Laura estaban en el umbral.

—¡Lo sabía, la Vieja Fábrica de Dulces! —dijo Laura, asintiendo con la cabeza.

Dwayne entró como un toro y me agarró por el cuello, casi levantándome del suelo.

—¿Esto es lo que tú llamas una broma? —gritó. Sin soltarme, sacó su móvil y apretó un botón—. Sí, ya lo tengo. En la Vieja Fábrica de Dulces. —Colgó, me volvió a mirar

y luego puso la mirada en Bart—. ¿Y tú qué crees que haces, dejando que un chico entre aquí solo?

Bart estaba demasiado asustado como para hablar, así que lo hice yo.

—Bart estaba a punto de llamar a los de seguridad, pero antes quería asegurarse de no provocar un incendio. Y también me ha gritado.

Dwayne miró a Bart, pero decidió que solamente tenía suficiente energía para estar enfurecido con una persona. Y esa persona era yo.

—Durante todo el verano hemos estado pasando por alto tus tejemanejes, porque parecías un buen chico. Y realmente te portaste como un valiente con la protesta por el taller extraordinario. Sí, eso estuvo bien. Pero esto... ¡Esto no está nada bien! ¡Nada, nada bien! —Miró en dirección a Laura, que seguía junto a la puerta—. Has tenido suerte de que nos haya dicho dónde encontrarte, pues de no haber sido así habrías tenido que volver a casa a pie.

—Pero me habrías encontrado, este lugar tampoco es tan grande —dije.

—¡Eso no tiene nada que ver! —dijo a voz en grito—. ¡Tienes que respetar las reglas! —Dwayne negaba con la cabeza—. ¿Tienes idea del problema en el que te has metido?

Entonces, como para responder a la pregunta de Dwayne, entró en la tienda el doctor Strom. La señorita Domerca iba detrás de él.

El doctor Strom estuvo paseando arriba y abajo de aquella tienda de dulces durante algo así como un minuto, sin decir ni una palabra. Finalmente, me decidí a iniciar una conversación.

—Me salté el examen porque este no es mi ambiente —le dije al doctor Strom—. ¿Recuerda el primer día, en el Círculo de Bienvenida, cuando dijo que me parecía más a los chicos del campamento de lo que yo creía? Bueno, pues eso ya era una locura entonces, y lo sigue siendo ahora. Es lo más evidente del mundo. Los chavales vienen aquí porque les gusta leer. A mí lo que me gusta es no leer. Así que ¿por qué no reconocemos de una vez que venir a este campamento ha sido un error por mi parte? No habrán pasado ni tres horas y mis padres ya me habrán venido a recoger y no tendrá que volver a verme en la vida.

La señorita Domerca me miró, con lágrimas en los ojos.

—No puedo ni empezar a contarte el disgusto que me he llevado contigo —me dijo.

¡Tenía tantas ganas de explicárselo todo! Todo sobre Katie, sobre Zoe, sobre Laura y sobre Jared y sobre nuestro plan...

Pero no lo hice.

—Como es obvio, usted nunca volverá a nuestro campamento —dijo el doctor Strom. Luego miró a Laura—. Gracias por su ayuda. Si lo desea, puede ir a unirse a todos los demás en el taller final.

—Creo que me lo voy a saltar —dijo Laura, casi susurrando—. Estoy un poco nerviosa.

La miré. ¡Oye, era tan guapa! ¿Tal vez...?

El doctor Strom asintió.

—De acuerdo. Dwayne, por favor, llévelos al autocar y esperen allí a todos los demás. No pierda de vista en ningún momento al señor Jackson.

—Así lo haré, doctor Malstrom —dijo Dwayne.

Cuando íbamos hacia el autocar, Laura me miró un momento.

«Gracias», dijo, aunque en realidad no articuló ningún sonido.

45

Dwayne, Laura y yo esperamos solos en el autocar durante una hora y media. Nadie dijo ni una palabra.

Al final, el resto de los chicos y de las chicas salió de la escuela y se metió en el autocar. Todos me ignoraron. Katie ni siquiera me miró.

Era como si hubiera vuelto al punto de salida, en el primer día del campamento: un auténtico intruso.

El único que me habló fue George.

—¿Qué ha ocurrido? —susurró—. ¿Dónde te habías metido? ¿Es verdad que has decidido saltarte el taller para ir a la Vieja Fábrica de Dulces? ¿Me tomas el pelo? ¿Quién puede hacer eso?

No contesté a ninguna de sus preguntas.

—Creíamos en ti —dijo George—. Creíamos que eras uno de los nuestros.

Cuando Jared subió al autocar, miró a Laura durante un segundo. Luego recorrió todo el pasillo hasta el último asiento y se acomodó allí, mirando por el cristal hacia fuera.

Nadie cantó arias, ni canciones de ningún tipo, en todo el trayecto hasta el campamento.

Queridos papá y mamá:

Para cuando leáis esta carta ya estaré de vuelta en casa, y lo más probable es que me hayáis castigado. Estoy seguro de que no vais a creerme, pero en realidad me metí en un lío por ayudar a una amiga. No puedo decir nada más que eso.

Ahora mismo estoy sentado en la cabaña, con todas las maletas hechas. Dentro de quince minutos iremos al mástil de la bandera para esperar a los padres, y el campamento se habrá acabado por fin. ¿Pero sabéis qué? En realidad me lo he pasado bien, y he hecho algunos buenos amigos. Y lo creáis o no, empezaba a pensar en la posibilidad de repetir el año que viene en este mismo campamento.

Lo malo es que ahora eso no es posible.

Pero no pasa nada, porque ayudar a un amigo es algo mucho más importante.

Vuestro hijo que os quiere,

Charlie Joe

46

Cuatro horas más tarde, todos estaban en pie formando un círculo gigante alrededor del asta de la bandera, igual que el primer día del campamento. Pero esta vez se llamaba el Círculo de Despedida. Todos los campistas estaban allí, naturalmente. Excepto uno.

Yo estaba en el despacho del doctor Strom, mirando por la ventana mientras esperaba a que mis padres vinieran a recogerme.

Miraba a los chicos y chicas tomarse de las manos y cantar *Aprendo a amar, amo aprender* por última vez. Miraba cómo el doctor Strom le estrechaba la mano a cada uno de los campistas. Miraba a los padres, que empezaban a llegar y salían de sus coches y abrazaban a sus hijos. Los padres de Nareem. Los de Katie. Los padres de George. Los de Patty. Los padres de Jack (con la abuela y todo, con sus *cookies* de chocolate tan bien envueltas como siempre).

Luego vi que se acercaba el coche de mis padres, bajando por la polvorienta carretera. Mi madre conducía, mi padre estaba en el asiento del pasajero y mi hermana Megan iba atrás. *Moose* y *Coco*, nuestros perros, luchaban por asomar la cabeza por la misma ventanilla. Cualquiera diría por la expresión de sus caras que sabían que venían a recogerme.

Mi padre fue el primero en salir del coche. Vi que me buscaba, y que luego se rascaba la cabeza al no encontrarme. No quise mirar más, así que me senté en el sofá y volví a repasar los seis mil diplomas de aquella pared. Un minuto después entraba el doctor Strom.

—Han llegado tus padres. Vamos.

Fuimos hacia afuera. Tan pronto como me vieron, mis padres y mi hermana corrieron hacia mí y me abrazaron.

—¡Te hemos echado mucho de menos! —dijeron todos, de una u otra manera.

Los perros también ladraban como locos, y yo corrí hacia ellos y les di besos y los abracé durante unos cuantos minutos.

—¿Por qué estabas esperando dentro? —preguntó Megan.

Antes de que pudiera contestarle, el doctor Strom llegó junto a mis padres y volvió a presentarse. Luego dijo:

—Estamos a punto de dar los últimos avisos del año, pero después de eso me gustaría hablar con ustedes un momento.

Mis padres se miraron.

—¿Hay algún problema? —le preguntó mi padre al doctor Strom.

Parecía que cuando se trataba de mí siempre esperaran lo peor. Y con razón, supongo.

El doctor Strom esbozó la mejor de sus sonrisas.

—Si no les parece mal, hablaremos más tarde del asunto, ¿de acuerdo? —Luego sopló para hacer sonar su silbato—. ¡Atención, por favor! ¡Atención! —gritó.

Todo el mundo fue congregándose alrededor del asta de la bandera, esta vez con los padres uniéndose al grupo.

—Hemos pasado un verano memorable en este Campamento Lelibro —dijo el doctor Strom—. En ocasiones ha resultado muy interesante, y otras veces se han dado situaciones poco habituales, pero en su conjunto ha sido gratificante. Gracias por confiarnos a sus extraordinarios hijos.

La gente aplaudió, pero sin mucha energía. Parecía que todo el mundo estaba afectado por el drama de aquella mañana.

El doctor Strom continuó.

—Y ahora me gustaría anunciar a la persona que ha ga-

nado nuestro primer premio Lelibro. —Se hizo el silencio—. Tal como dije en el primer día del campamento, este gran honor corresponde al campista que mejor encarne los valores de integridad, participación y erudición. Está en juego una beca que cubre la asistencia al campamento del año que viene. —El doctor Strom hizo una pausa—. Quien ha ganado el premio Lelibro en el primer año en que se otorga es una persona que destaca por su espíritu solidario y por su simpatía, así como por su alto sentido de la responsabilidad, tal y como ha demostrado esta mañana. Únanse a mí en una calurosa felicitación a Laura Rubin.

La gente aplaudió y gritó aclamándola. Todo el mundo apreciaba a Laura. Ella parecía aturdida. Sus padres se abrazaban, y la mamá lloraba. ¡Qué orgullosos estaban!

Laura fue hacia donde se encontraba el doctor Strom y le estrechó la mano. Luego el doctor Singer le entregó un certificado enmarcado. Ella miró a todo el mundo y luego volvió junto a sus padres.

Luego, de pronto, se detuvo y caminó de vuelta hacia el doctor Strom.

—Estoy segura de que no merezco este premio —le dijo—. Gracias por este honor increíble, pero no puedo aceptarlo. —Le entregó el certificado y luego volvió corriendo junto a sus padres y rompió a llorar.

Todo el mundo estaba perplejo. Cuando pudo reaccionar, el doctor Strom fue hacia Laura y le puso la mano en el hombro.

—¿Puedes explicarnos qué ocurre? —le preguntó con suavidad.

Laura se limitó a negar con la cabeza. Todo el campamento estaba en silencio. Solamente se oía el viento entre los árboles. Nadie parecía saber qué hacer.

Nadie, excepto Jared Bumpers.

—Es por su culpa —dijo, señalándome. Todo el mundo lo miró a él primero, y luego a mí—. Lo has estropeado todo —continuó diciendo Jared, con una expresión un tanto enloquecida en los ojos—. Desde el día que llegaste hasta el truco de esta mañana, lo que ha quedado claro es que no eres como nosotros. Todo este verano se ha fastidiado por tu culpa.

«Eso no es cierto», intenté decir, pero no salieron sonidos de mi boca.

—No te preocupas por nadie que no seas tú mismo —siguió diciendo Jared—. Ya me di cuenta cuando Dwayne estaba a punto de nombrarme capitán del equipo de baloncesto y tú te las arreglaste para que cambiara de idea y te eligiera a ti.

—¡Eso es absurdo! —pude decir por fin—. ¡Si ni siquiera quería ser capitán!

—Y luego organizaste toda esa protesta contra el taller extraordinario para ser el centro de atención —siguió diciendo—. Tienes suerte de que Katie llegara a un compromiso con el doctor Strom. ¡Podrías haberlo arruinado todo para el resto de nosotros!

—¡Yo solamente...! —empecé a decir, pero luego ya no supe cómo acabar la frase. Todo el mundo esperaba que el doctor Strom dijera algo, pero creo que estaba demasiado perplejo como para poder reaccionar.

Jared empezó a ir de aquí para allá, como si fuera un abogado hablándole a un jurado en esos programas de la tele.

—Viniste a este campamento pensando que eras un chico mucho más interesante que el resto de nosotros —dijo—. Nosotros no éramos más que unos empollones en un campamento de empollones, ¿no es eso? ¿Y qué hace un chico tan popular como tú aquí con los pringados, con esos a los que les gusta leer y escribir, con esos que quieren conseguir algo en la vida?

Miré a esas personas que habían sido mis amigos: Jack, George, Patty... Pero ninguno de ellos quería mirarme. ¿Acaso no me había saltado el taller final? ¡Eso era un pecado imperdonable!

Jared esbozó una sonrisa terrible.

—Creías que podías cambiarnos, que podías hacernos más parecidos a ti —dijo—. Bueno, ¿pues sabes qué? Conocemos a los que son como tú. Y los que son como tú no son bienvenidos aquí. Lo has demostrado de una vez por todas esta mañana, cuando te has querido saltar el examen. Así que sería mejor que te largaras de este campamento antes de que...

—¡Basta ya! —gritó Laura—. ¡Calla!

Jared se calló.

Todos se volvieron a mirar a Laura. Ella dio un paso adelante.

—Jared no tiene ni idea de lo que está hablando —empezó a decir Laura con mucha calma—. Charlie Joe tiene más integridad en el dedo meñique de la que Jared tiene en todo el cuerpo.

Jared palideció a ojos vistas. Era como si supiera exactamente lo que Laura estaba a punto de decir.

La voz de Laura ganó en seguridad.

—Esta mañana, Charlie Joe ha hecho algo que él sabía que podía traerle problemas, pero lo ha hecho de todos modos.

Todos me miraron, pero yo tenía los ojos fijos en algún punto delante de mí.

—Pero lo sorprendente no es que lo hiciera —continuó diciendo—, porque todos sabemos que lo que siempre resulta sorprendente es su comportamiento. —Hizo una pausa para tomar aire—. Lo sorprendente es que lo hizo por mí.

La gente contuvo una exclamación de sorpresa. Miré hacia Katie, que tenía una expresión de alivio total y absoluto en la cara.

—Charlie Joe Jackson se saltó el taller final —continuó diciendo— para que yo no tuviera que hacer trampas.

—¿Hacer trampas? —preguntó el doctor Strom—. ¿Hacer trampas cómo?

Laura bajó la mirada.

—Había alguien empeñado en copiar mi examen, y yo no quería permitirlo —dijo en un murmullo apenas audible—. Pero probablemente lo habría permitido si Charlie Joe no hubiera encontrado el modo de evitarlo. Su plan fue solamente una manera de ayudarme.

Todo el mundo se quedó quieto. Nadie sabía muy bien cómo reaccionar.

—¿Es eso cierto? —le preguntó a Laura el doctor Strom—. Eso son acusaciones muy serias.

Laura miró al doctor Strom fijamente.

—Sí, es cierto —contestó.

El doctor Strom recorrió el círculo con su mirada, hasta que se detuvo en Jared, cuya camiseta empezaba a estar empapada de sudor. El doctor fue hacia allí y se cernió sobre él, del mismo modo que había hecho conmigo en el Círculo de Bienvenida, el primer día del campamento.

—Señor Bumpers —dijo con serenidad—. ¿Hay algo que tal vez le gustaría decirnos?

Jared miró al doctor Strom durante unos diez segundos. Parecía como si fuera a echarse a llorar.

—¡Odio este campamento de frikis! —gritó por fin. Luego salió corriendo del círculo y se metió en el comedor.

Nadie se movió en cosa de un minuto. Luego, de golpe, la gente empezó a venir y a darme golpecitos en la espalda. Katie casi se me echó a los brazos.

—¡Lo sabía! —iba repitiendo—. ¡Es que lo sabía!

La siguiente voz que oí fue la de mi padre:

—¿Y estas cosas tan raras pasan en todos los campamentos para empollones?

Tras un par de minutos de murmullos, el doctor Strom se aclaró la garganta y pidió la atención de todo el mundo.

—Bien, pues creo que ya se pueden hacer una idea de a qué me refería con eso de «memorable» —dijo el doctor Strom entre las risas nerviosas de la gente—. Pero incluso en estos últimos cinco minutos hemos vuelto a tener pruebas de lo increíbles que son los chicos de este campamento. Resulta que una campista se preocupa porque alguien le pide que haga trampa en favor de un amigo, y otro campista sacrifica su buena reputación en el campamento para ayudarla. Si esto no demuestra que estos chicos son formidables, no sé qué otra cosa puede demostrarlo.

La gente empezó a aplaudir. Primero despacio, y luego más y más fuerte, hasta que sonó como una gran ola. Y siguieron aplaudiendo, mientras Laura y yo estábamos allí, un tanto avergonzados. Finalmente el doctor Strom pidió silencio.

—Por este motivo, después de debatirlo brevemente con el doctor Singer, con Dwayne y con la señorita Domerca, hemos decidido no limitarnos a un premio Lelibro en esta su primera edición, y otorgar dos. Les ruego que se unan a mí en la felicitación a Laura Rubin... y Charlie Joe Jackson.

No estaba seguro de haberlo entendido bien. ¿Realmente acababa de ganarme una inscripción gratuita para volver al Campamento Lelibro el verano siguiente?

¡Bueno, bueno, bueno...!

De pronto me sentía sumido en una confusión total. ¿Esa novedad era fantástica u horripilante? No tenía ni idea.

El doctor Strom me preguntó si quería decir algo. Y sí, dije algo:

—Lo que ha explicado Jared es cierto en parte. Odio admitirlo, pero cuando llegué aquí realmente pensaba que yo era un tipo demasiado interesante como para quedarme aquí. De hecho me decía que necesitaba convertiros en tíos más parecidos a mí. Pero eso era una estupidez muy grande. Porque vosotros sois de lo más interesante a vuestra manera. De una manera extraña, curiosa, rara o diferente. —Miré directamente a George y Jack—. Y gracias por hacerme sentir como si fuera uno de los vuestros, por mucho que yo intentara demostraros que no lo era en absoluto.

Luego le guiñé el ojo a Katie. Y ella me devolvió el guiño.

Y le devolví el micrófono al doctor Strom. Mis padres me abrazaron. Megan me abrazó. Los perros me abrazaron. Y los amigos que se habían enfadado tanto conmigo también vinieron a abrazarme.

—Bien hecho —dijo Nareem.

—Ya sabía yo que si te saltabas el examen era por algo —dijo George—. Ya lo sabía.

—Esto te va a ayudar mucho a la hora de entrar en la universidad —dijo Jack. Antes de que pudiera poner los ojos en blanco, añadió—: ¡Es una broma!

La señorita Domerca vino y fue la que me dio el abrazo más fuerte de todos.

—¡Eres todo un personaje! —me dijo.

—¿Y eso es bueno o malo? —le pregunté.

Ella se echó a reír.

—Ambas cosas.

El doctor Strom se acercó y me dio la mano.

—Felicidades, señor Jackson —me dijo—. Esperamos poder volverle a dar la bienvenida el verano que viene.

Le miré a los ojos. Asentí. Sonreí.

—Me muero de ganas —dije.

Personalmente, no tenía ni idea de si lo decía en serio o no.

Unos minutos más tarde llegó el momento de decir adiós. Empecé con Jack, que me presentó a su abuela, a la que llamaba Nana.

—Jack me ha explicado muchas cosas de ti —dijo—. La mayoría son buenas.

—Y usted hace las mejores *cookies* de chocolate del mundo, Nana —le contesté.

Ella me hizo un guiño.

—Pues entonces deberías probar mi *plum cake.*

En ese momento no me atreví a decirle que los *plum cakes* no me gustan nada.

También estaban allí los padres de Jake. El famoso señor Strong, que era bastante bajito, pero con una mirada tan terrible como había imaginado.

Le di la mano.

—He oído hablar mucho de usted, señor.

—Espero que no todo hayan sido cosas malas.

—No, todo no —dije—. Solamente la mayoría.

Soltó una risotada durante una fracción de segundo. Luego los ojos se le entornaron y pareció un poco como si quisiera comérseme.

Intenté ignorarlo y volví a acercarme a Jack.

—Tengo un regalo de despedida para ti —le dije.

Me miró, un poco nervioso.

—¿De verdad?

—Sí. Abrí mi bolsa y saqué una de mis camisetas preferidas. Tenía un dibujo de Homer Simpson sentado en su sofá, con el barrigón fuera y bolsas de patatas y bebidas esparcidas por todas partes a su alrededor. Por encima de su cabeza ponía «Perezoso americano».

—Quiero que la tengas —dije, entregándole la camiseta a Jack.

Él sonrió, nervioso.

—Gracias.

Miró hacia abajo, a la camiseta que llevaba, con un dibujo de un cerebro y la palabra «¡Entrénalo!».

Luego miró a su padre, que estaba inspeccionando la camiseta de Homer con expresión suspicaz.

Jack no estaba demasiado seguro de lo que tenía que hacer a continuación. Volvió a mirarme.

—Piensa en Lech Walesa —le dije.

Jack asintió, cerró los ojos y rápidamente se quitó la camiseta.

—Jack, ¿qué estás haciendo? —preguntó su padre.

Pero Jack no contestó. En lugar de eso, inspiró profundamente y se puso la camiseta de Homer Simpson.

—Te queda genial —le dije.

—Gracias —dijo Jack.

Y chocamos los cinco.

Me quedaban unas cuantas despedidas todavía.

Primero Dwayne, que me sorprendió por detrás y me dio un abrazo de oso, con lo que casi me rompió todos los huesos del cuerpo.

—Los del Pocacosa todavía no saben lo que les pasó por encima —me dijo, sonriente—. Hasta el año que viene.

Laura Rubin tenía un regalo para mí: medio kilo de *fudge* de Oreo de la Vieja Fábrica de Dulces.

No podía creerlo.

—¿Cuándo has podido comprarlo?

—Cuando tú no mirabas.

—¡Eso es imposible! —le dije—. No he dejado de mirar ni por un momento todos esos dulces.

Luego le di las gracias durante unos veinte minutos.

En cuanto a George, estaba despidiéndose de Patty Ruddy cariñosamente, así que decidí dejarlo en paz. Ya le enviaría un mensaje más tarde, ahora que mi móvil volvía a estar en su sitio: en mi bolsillo, para ser exactos.

Para decirle adiós a la señorita Domerca tuve que asegurarme de que no iba a llorar.

—Charlie Joe nos ha dicho que usted era su favorita —le dijo mi padre.

—Él también es uno de mis favoritos —dijo ella.

Les mostré el libro de Lech Walesa, pues la señorita Domerca me había dicho que podía llevármelo.

—La señorita Domerca me recomendó este libro, que es muy bueno y que trata de este hombre tan valiente y tan interesante.

Mis padres me miraron. La señorita Domerca sonrió.

—Los chicos son una fuente de sorpresas, ¿verdad? —dijo.

—¡Ni más ni menos! —contestó mi madre.

—Le hemos mostrado a Charlie Joe algunas de las alegrías que te ofrece aprender cosas —añadió la señorita Domerca—. Y él nos ha devuelto el favor enseñándonos algunas de las alegrías de no aprender.

Katie y Nareem se acercaron con sus padres. Iban de la mano.

—¡Lo hemos conseguido! —me dijo Katie.

—¡Por los pelos! —le respondí. Y nos echamos a reír.

—¿Nos veremos en la playa?

—¡Sí, claro!

—¿Y en la biblioteca? —preguntó Nareem.

—Allí está claro que no —contesté.

La madre de Katie me dio un abrazo.

—Así, ¿el año que viene volverás? —me preguntó.

—No tengo ni idea —contesté.

Katie hizo una mueca.

—Oh, seguro que vendrá. Todo este asunto con Laura Rubin ha sido su último golpe de genio. Así es como actúan esos empollones encubiertos. Se moría por volver, ¡y al final ha conseguido volver gratis! Tenéis que creerme, ¡lo ha planificado todo al detalle!

Todos se rieron. Incluso yo.

Cuando salíamos del campamento, miré a mi alrededor por última vez. Allí estaba todo: el campo de baloncesto, donde habíamos ganado a los del Campamento Pocacosa; la Tabla de Materias, donde trabajé mis artículos para el periódico; el comedor, donde me había rebelado contra el taller extraordinario, y el lago, en donde Katie había llegado a un compromiso con el doctor Strom.

Y luego miré al asta de la bandera, en donde el campamento había empezado de una manera extraña, en donde había acabado de una manera más extraña y yo, incluso más extrañamente, me había convertido en un auténtico lelibrero.

Me senté atrás, cerca de *Moose* y *Coco*, que me daban lametones sin parar, como si fuera un cucurucho de chocolate. Luego saqué mi móvil y envié sendos mensajes a Timmy, a Jake, a Hannah, a Eliza y a Pete. ¡El resto del verano iba a ser impresionante!

Entonces, ¿por qué me sentía algo triste?

Dejé el móvil a un lado, inspiré profundamente y cerré los ojos, con la intención de controlar ese sentimiento de tristeza tan extraño. Cuando los volví a abrir, vi el letrero.

CAMPAMENTO LELIBRO:
MOLDEAMOS ESPÍRITUS JÓVENES DESDE 1933

Lo miré, pensando en si era cierto. ¿Me habían moldeado el espíritu o no? Parecía que había sido ayer cuando pensaba que había aterrizado en un planeta lejano y terrorífico. Y ahora allí me encontraba yo, tres semanas más tarde y ya como echándolo en falta.

Luego tuve un pensamiento incluso más terrorífico: ¿tendría razón Katie? ¿Era yo en realidad un empollón en secreto? ¿Sería el libro de Lech Walesa tan solo un inicio?

¿De verdad me gustaba leer?

Me dejé llevar por esos pensamientos durante cinco segundos más. Luego decidí que ya había pensado suficiente para un verano.

Así que me comí una porción de *fudge*, apoyé la cabeza en el regazo de *Moose* y pasé durmiendo el resto del trayecto hasta casa.

Querido Charlie Joe:

Como no fui al taller final, la señorita Domerca me dijo que mi última tarea era escribirme una carta a mí mismo, para hablar de lo que había aprendido en el campamento.

He aprendido que con total seguridad no quiero escribir más cartas durante un tiempo.

Tu amigo,

Charlie Joe

«Aprendo a amar, amo aprender»

El himno del Campamento Lelibro

Nos reunimos en la orilla del lago,
forjamos nuevas amistades
y abrimos puertas.
El verano ya está aquí,
aquí estamos nosotros.
Vamos a dejar que el campamento
nos abra los corazones:

Aprendo a amar, amo aprender.
Es tiempo de alzarse, como el árbol más alto.
Así como sale el sol,
así como el mundo gira.
Aprendo a amar, amo aprender.

Cada libro que leemos nos hace reflexionar.
Escribimos palabras, palabras compartimos.
Desde las montañas a los valles,

que todos nos oigan cantar.
¡El conocimiento es poder,
el poder es el rey!

Aprendo a amar, amo aprender.
Es tiempo de alzarse, como el árbol más alto.
Así como sale el sol,
así como el mundo gira.
Aprendo a amar, amo aprender.

«¡Wocka! ¡Wockajocka!»

El himno del campamento Wockajocka

¡Wocka!
¡Wockajocka!
¡Wocka!
¡Wockajocka!
¡Wocka!
¡Wockajocka!
¡Wocka!
¡Wockajocka!
¡Wocka!
¡Wockajocka!
¡Vamoooooooooos, Wockajocka!

Agradecimientos

Galletas gratis para las siguientes personas:

Nancy Mercado y Michele Rubin, por hacerme ver medio lleno mi vaso medio vacío.

A todos en Roaring Brook/Macmillan, los mejores del ramo.

David Kane, *trailermaster.*

Y a Cathy Utz, por todo lo demás.

CAMPAMENTO LELIBRO